L'édition originale de ce roman a été publiée en langue
anglaise par Random House, New York, sous le titre :
The Black Stallion Returns

Traduction de l'américain par Frédéric Certonciny.
Traduction revue par Philippe Rouet.
Photo de couverture : Kseniya Rimskaya / 500Px Plus / via Getty Images.
Photos intérieures : Sonia Fitzgerald / EyeEm / via Getty Images,
Somogyvari / E+ / via Getty Images, Evgeniy Kleymenov / EyeEm / via Getty Images.

Hachette Livre, 58, rue Jean-Bleuzen, 92178 Vanves Cedex.

LE RETOUR DE

L'ÉTALON NOIR

WALTER FARLEY

hachette
JEUNESSE

À Rosemary
et aux garçons et aux filles
qui m'ont demandé cette suite
à L'Étalon Noir.

1

INTRUSION NOCTURNE

La nuit s'étend sur l'enclos dans lequel se trouve la vieille grange. Le portail de fer qui donne sur la route fait entendre un grincement plaintif et, s'entrouvrant, laisse passer l'ombre d'un homme qui se dirige, presque à tâtons, vers le bâtiment. Quand sa main gantée rencontre le bois de la porte, il fouille dans la poche de son manteau. Mais ce qu'il cherche ne s'y trouve pas sans doute, car il ne peut s'empêcher de pousser une sorte de grognement. Ce doit être dans la poche gauche, dans laquelle est enfoncée l'extrémité de sa manche qui pend, vide. S'inclinant sur le côté, il parvient à y plonger sa main droite et en retire enfin une petite seringue hypodermique. Un sourire s'esquisse sur les plis adipeux de sa chair tannée. Il laisse sa manche gauche ballante et cherche le loquet rustique.

Sous sa pression la porte s'ouvre, et il se glisse à l'intérieur de la grange. Ses yeux, accoutumés à l'obscurité, lui permettent de voir qu'il ne s'est pas trompé. La partie droite de l'ancienne grange est transformée en écurie et il distingue confusément des stalles. Il se dirige vers elles en appliquant son pouce sur le piston de la seringue.

Soudain, dans la première stalle, le frappement de durs sabots retentit sourdement sur la litière. Le long cou d'un cheval qui se termine par une tête fine et sauvage se tend par-dessus le bat-flanc. Ses naseaux frémissent tandis que ses oreilles se dressent.

Le visiteur nocturne s'est arrêté à mi-chemin de la stalle. Le cheval secoue sa longue crinière noire et l'une de ses jambes de devant frappe la barre de fermeture.

Le plancher, mal joint, craque comme l'homme approche. Le fier animal lui montre des dents menaçantes et pousse cette sorte de sifflement qui est le cri de l'étalon sauvage. L'inconnu bondit vers la porte basse avec une surprenante agilité, mais les sabots antérieurs, l'atteignant en pleine poitrine, l'envoient rouler sur le dos.

L'homme se relève. Comme la seringue qu'il tient ne s'est pas brisée dans sa chute, il revient à pas comptés en redoublant de précautions. Le cheval, cette fois, se dresse de nouveau, et, comme il retombe sur ses pieds, l'intrus s'élance vers lui. Mais un nouveau coup de sabots l'atteint dans l'aine. Le visage bronzé de l'assaillant devient verdâtre, et l'homme chancelant recule aussi vite qu'il peut pour refermer sur lui la porte de la stalle. Cependant l'étalon qui le suit se cabre une fois de plus et laisse retomber sur lui ses sabots puissants. Lâchant la seringue qui tombe sur la paille, l'individu ne cherche plus son salut que dans la fuite. Il se relève péniblement et se précipite comme il peut vers la porte de la grange que, heureusement pour lui, il a laissée entrebâillée, et la referme au loquet.

Il aspire longuement l'air frais pour se ressaisir, mais il tressaille soudain. Un bruit de voix se fait entendre en direction du portail. Il esquisse un geste vague, et, contournant le bâtiment, disparaît dans la nuit.

Il était temps. Un jeune garçon portant une torche électrique arrive en courant, suivi de près par un homme d'un certain âge aux jambes arquées.

— Il se passe ici quelque chose d'anormal, Henry ! s'écrie l'adolescent. La porte n'est pas bien refermée.

Celui auquel il vient de s'adresser lui prend la torche des mains.

— C'est bon, Alec, fait-il. Reste ici, je vais aller voir.

Aussi impatient qu'inquiet, le jeune garçon demeure devant la porte. Il frotte nerveusement son nez un peu retroussé dont les narines se pincent. Une expression troublée envahit son visage parsemé de taches de rousseur.

— Bon sang ! murmure-t-il, pourvu qu'il ne soit rien arrivé à Black !

Un hennissement accompagné d'un bruit de sabots qui se fait entendre de l'intérieur apaise ses craintes. Ce doit être une fausse alerte. Néanmoins, serrant sa ceinture sur son pantalon de velours côtelé, il se prépare à faire le tour de la grange quand Henry revient et lui fait signe d'entrer avec lui.

Le cheval noir est bien dans son box. Il émet un léger sifflement en secouant son abondante crinière noire.

— Tu as trouvé quelque chose, Henry ?

— Black était sorti de sa stalle. Quelqu'un a dû venir le déranger. On dirait qu'il y a eu une sorte de bataille. Notre brave Géant Noir est tout en sueur.

Henry passe une main nerveuse sur le corps de

l'étalon dont la robe brille sous le faisceau de la lampe électrique.

Black se met à tourner fébrilement dans son box et ne se calme que lorsque le jeune garçon lui a caressé doucement les naseaux.

— Il n'a pas l'air en mauvaise forme, pourtant. N'est-ce pas, Henry ?

— Hum...

Le brave homme examine curieusement une sorte de tube de verre qu'il tient à demi enroulé dans son mouchoir.

— Qu'est-ce que tu as là ? demande Alec.

— Une seringue hypodermique.

— C'est bien surprenant. Où l'as-tu trouvée ?

— Ici, sur la paille.

— Par exemple ! Que vient-elle faire là ?

Le jeune garçon regarde l'instrument de verre.

— On dirait que quelqu'un a voulu s'en servir pour piquer Black, dit alors Henry.

— Tu crois ? murmure Alec dont le cœur bat plus fort. Mais tu es sûr qu'on ne l'a pas fait ?

— Oui, parce qu'elle est encore pleine. Nous ferons analyser le liquide par la police qui saura bien nous dire ce que c'est. Peut-être cela nous fournira-t-il un indice.

Il enveloppe soigneusement la seringue dans son mouchoir en ajoutant :

— Il doit y avoir là-dessus des empreintes digitales.

Le jeune garçon revient vers le cheval et caresse la tête fine qui s'abaisse vers lui.

— Mais pourquoi quelqu'un voudrait-il du mal à Black ?

— Tu dois le comprendre comme moi, et peut-être mieux encore.

— Que veux-tu dire ?

— Une chose bien simple. Black s'est révélé un cheval de grande classe depuis qu'au mois de juin il a battu Sun Raider et Cyclone. Il n'est donc pas douteux qu'il est le cheval le plus rapide qui ait mis les pieds sur une piste cette année. Il y a donc de bonnes raisons pour qu'on essaie de le voler ou même de le tuer, ce qui vient de se passer. Dans la première hypothèse, on ne pourrait pas le faire courir en public, mais ce serait un élément précieux pour la reproduction. Comme étalon, il serait utile pour améliorer la race des pur-sang d'Amérique.

— Mais, Henry, ce n'est pas un pur-sang enregistré. Il n'a pas de pedigree, pas de papiers. Nous ne sommes pas capables de dire d'où il est venu. Puisqu'il ne nous est même pas possible de l'engager dans une épreuve intéressante étant donné que nous ignorons son origine, je ne vois pas comment on pourrait le prendre comme étalon.

— Il y a des gens qui seraient bien capables d'arranger cela au mieux de leurs intérêts.

— Mais…

— Laisse-moi finir. La question n'est pas de savoir si quelqu'un pourrait se passer de papiers pour Black. Ce qui compte, c'est qu'on a dû vouloir le tuer. Je crois bien que c'est ce que nous apprendrons quand on aura fait l'analyse du contenu de la seringue. Seulement voilà… Qui donc pourrait avoir envie de tuer ce cheval ?

— Oh ! Henry, je ne crois pas qu'il puisse y avoir quelqu'un d'assez méchant…

Tout à coup un souvenir se présente dans l'esprit d'Alec. C'était au retour de son voyage aux Indes où il était allé passer ses vacances chez son oncle Ralph. Le cargo *Drake,* qui le ramenait, avait fait escale dans un petit port de la mer Rouge. Et, là, sur le sol sablonneux, il avait été le témoin d'un étrange spectacle : un superbe cheval noir, trop grand et trop fort pour être un pur arabe, tentait de résister aux efforts de quatre indigènes tirant sur des cordes attachées à son licol. Ils voulaient l'attirer vers le navire, mais le fier animal se cabrait et frappait furieusement l'air de ses sabots antérieurs. Une écume blanche apparaissait sur sa robe brillante. Derrière lui, un homme à la peau très brune sous la blancheur de son turban brandissait un fouet à large lanière.

Il le laissa tomber rageusement sur la croupe du rebelle, et l'étalon lança un cri. Jamais encore Alec n'avait entendu un cri pareil. C'était une sorte de sifflement aigu, strident. Le hennissement du cheval sauvage et encore indompté. Comme les Arabes redoublaient d'efforts, les yeux du Géant Noir exprimèrent une telle haine qu'Alec en fut impressionné. Se retournant alors, l'animal décocha une ruade qui atteignit l'un de ceux qui tiraient sur les cordes et l'homme fut projeté, inanimé, sur le sol. Enfin, les indigènes du quai arrivèrent à lui faire franchir la passerelle du cargo et à l'enfermer dans une sorte de stalle qui avait été préparée pour lui. L'Arabe au fouet s'était embarqué également.

Henry regarde Alec et comprend la pensée du jeune garçon.

— Tu crois que ce peut être l'homme du bateau, n'est-ce pas ? lui dit-il.

— Justement. Mais il ne peut pas s'agir de lui. Quand le cargo a fait naufrage dans la tempête, il a été noyé. Je l'ai vu de mes yeux couler à pic.

— Et son nom ne figurait pas sur la liste des survivants ?

— Non. D'ailleurs, il y en a eu si peu…

— Quand tu l'as vu pour la dernière fois, il est tombé par-dessus bord, n'est-ce pas ?

— Il n'est pas exactement tombé. Il a sauté

dans le canot surchargé et a manqué son coup. La mer était très agitée et il n'avait pas de ceinture de sauvetage. Je ne l'ai plus revu. Quelques minutes plus tard, le *Drake* se brisait et j'étais à l'eau à mon tour. Comme je m'efforçais de nager, j'ai vu près de moi le cheval noir et la corde de son licol que j'ai agrippée. Tout ensuite est devenu confus. Quand j'ai pu me rendre compte de quelque chose, j'étais sur le rivage de l'île. Vous connaissez la suite de l'histoire.

— Oui, je sais qu'on vous a trouvés. Mais pendant le voyage de retour, tu n'as rien appris qui puisse te faire supposer que le propriétaire de Black était toujours vivant ?

— Non, Henry, rien. On n'a pu sauver qu'un seul canot avec dix personnes dedans, et il n'était pas parmi elles. Mais j'ai toujours l'intuition qu'il ne devait pas être le propriétaire de Black.

— Quoi ? Tu penses qu'il l'aurait volé ?

— Je ne saurais te le dire. J'ai déjà vu pas mal de propriétaires de chevaux. Eh bien, il se pourrait qu'il en soit ainsi. Black fait partie de ces étalons que des gens achèteraient à un prix très élevé, même sans les avoir vus courir.

Comme Henry, plongé dans ses réflexions, arpente nerveusement le sol de la grange, la pointe de son pied heurte un petit objet métallique. Il se penche et le ramasse.

— Tiens, fait Alec. Qu'est-ce que cela peut bien être ?

— Ma foi, c'est une chaînette d'or, dans le genre de celles que certaines personnes portent au cou. Mais il y a aussi une médaille ronde. Un petit disque blanchâtre. Qu'est-ce qu'il représente ?

Henry donne de la lumière et examine sa trouvaille.

— On dirait une sorte d'oiseau. Regarde donc, Alec.

En effet, c'est un oiseau curieux. Il est gravé sur une rondelle d'ivoire et entouré d'une monture d'or qui pend à la chaîne. Ses ailes, larges et puissantes, sont déployées comme s'il prenait son vol. Alec remarque le bec long et pointu, les serres au bout des pattes courtes mais massives. De petits rubis sont sertis à l'emplacement des yeux.

— Il me semble que c'est un faucon, Henry. Mon oncle en possédait un couple quand j'étais aux Indes. J'en ai vu d'autres, quoique jamais de blancs comme celui-là. Ils sont ordinairement d'un brun sombre.

Henry demeure silencieux quelques instants en balançant la chaîne au bout de ses doigts.

— De toute façon, reprend-il, cette breloque-là n'a pas été fabriquée en Amérique.

— Je ne crois pas. C'est un travail trop fin. On pourrait supposer…

— … que je ne me suis peut-être pas trompé. Le gaillard du bateau doit être encore vivant et veut tuer Black pour une raison quelconque.

— Oh ! Henry, tu penses que c'est quelqu'un d'Arabie ou d'un pays d'Orient, qui peut avoir l'intention de le tuer ?

— Justement, grogne le brave homme en allant vers Black pour lui caresser les naseaux.

Le soleil est levé depuis longtemps quand Alec se décide à quitter la grange et à franchir le portail pour retourner à sa maison de l'autre côté de la route. Il aurait préféré ne pas laisser son Géant Noir, mais Henry a réussi à lui faire entendre raison. Le jeune garçon en est à sa dernière semaine de classe. Dans quelques jours auront lieu les examens de fin d'année. Oui, mais c'est Black qui est devenu la seule préoccupation d'Alec. Quelqu'un a essayé de tuer son cheval ! Et le malintentionné personnage risque de revenir pour recommencer !

Henry lui a promis de surveiller l'étalon toute la journée, même s'il ne rentre que tard le soir. D'ailleurs la police va être avisée. Alec ne manquera pas de la prévenir, car il passe devant le commissariat principal pour se rendre à l'école. L'adolescent espère que son père pourra obtenir qu'un policier exerce une surveillance de nuit sur la grange. De plus, il a bien l'intention de venir lui-même coucher dans l'écurie. Il n'aurait qu'à changer la serrure du portail et mettre un verrou à la porte de la grange.

Et puis, tout de suite après les examens viendraient les vacances. Ce serait trois mois de liberté pendant lesquels il pourrait rester jour et nuit auprès de son cheval.

En arrivant au portail, Alec remarque que la serrure n'a pas été fracturée. Il est pourtant bien improbable que quelqu'un ait pu escalader les grilles de la clôture, avec tous les fils barbelés qui la surmontent. Il fallait donc que l'inconnu ait possédé une clé ou réussi à forcer la serrure.

Mais peut-être Tony, le garçon de ferme, a-t-il laissé la porte ouverte en venant chercher son vieux cheval gris, qui partage la grange avec Black, pour emmener au marché sa charrette chargée de légumes. Il est possible aussi que le visiteur nocturne, sachant l'heure à laquelle part Tony chaque matin, se soit subrepticement glissé dans l'enclos au moment où la voiture le quitte. Alec se promit d'en parler à l'employé le soir même.

Le jeune garçon referme soigneusement le portail et se dirige vers la grande maison qu'il habite, juste en face. Mais il est pensif et marche lentement bien qu'il soit déjà tard et qu'il lui faille se presser s'il veut passer à la direction de la police avant l'heure de la classe.

Tout de même, songe-t-il encore, comment peut-il y avoir quelqu'un d'assez méchant et d'assez stupide pour chercher à supprimer le superbe Black ? Quel motif le fait agir ? On ne sait rien du passé de l'étalon et il est possible, comme l'a suggéré le vieil et brave Henry, que la réponse soit là-bas… quelque part en Arabie !

2

ABOU YAKOUB BEN ICHAK

À la fin de cet après-midi-là, l'un des derniers jours de classe avant les examens, Alec se hâte de revenir de son école. Il est impatient de savoir ce que Henry a pu apprendre à la direction de la police au sujet du contenu de la seringue. Était-ce réellement du poison ? Et, s'il y a des empreintes digitales, pourraient-elles vraiment fournir un renseignement sur l'identité du malfaiteur ? Car le commissaire de police a pris au sérieux la déclaration d'Alec, et, avant même que le jeune garçon ait quitté son bureau, il a envoyé une patrouille inspecter la grange.

Comme Alec approche de sa maison, il voit deux voitures arrêtées devant la porte. La première est une grande Buick noire et la seconde celle de la police.

Il se met à courir et aperçoit sa mère qui, sur le seuil, a l'air de l'attendre.

— Mom, crie-t-il, qu'est-il arrivé ? Les policiers sont venus ? Ils sont encore là ?

— Ils sont revenus il y a un petit moment, répond-elle d'une voix calme. Mais il y a avec eux un étranger qui prétend être le propriétaire de Black. Va donc voir à l'écurie.

Alec court au portail dont il pousse violemment le battant de fer. Quoi, après ce qui s'est passé la nuit dernière, il y a quelqu'un maintenant qui réclame la propriété du cheval ? Mais c'est peut-être celui-là même qui a essayé de le tuer, et, comme son projet criminel n'a pas réussi, il cherche un autre moyen de parvenir à ses fins…

Henry se retourne vers le jeune garçon dont le visage est livide.

— Viens, lui dit-il, voici M. Abou…

Il s'interrompt et regarde le gentleman qui est à côté de lui.

— Abou Yakoub ben Ichak, complète l'étranger.

Les regards d'Alec se tournent vers Black qui est tranquille dans son box, puis reviennent vers le visiteur. C'est un homme grand et mince, avec des yeux noirs qui semblent étinceler. Ses cheyeux sont d'un gris acier et une barbe taillée en pointe souligne son visage dont la peau, dure et sèche, est d'une couleur acajou foncé. Il porte un costume brun d'une coupe élégante et un gilet brodé sous son veston.

— M. Abou Yakoub ben Ichak est le propriétaire de Black, Alec.

Henry a prononcé ces mots d'une voix aussi lente que basse. Sa gorge se serre douloureusement et le frisson d'un danger imminent parcourt son corps.

— Mais, Henry, comment peut-on le savoir ? Avec l'histoire de la nuit dernière, la seringue, la médaille et la chaîne d'or ! A-t-il quelque chose à voir dans tout cela ? Et vous, continue-t-il en s'adressant aux policiers, avez-vous eu le temps d'examiner le contenu de la seringue ? Portait-elle des empreintes digitales ? N'est-ce pas étrange que ce gentleman surgisse soudain après l'alerte de cette nuit ?

— Oui, Alec. C'est étrange et à peine croyable. D'autant plus que tout cela arrive presque en même temps ! répond Henry.

— Enfin… Je t'en prie…

— Ce matin, quand les policiers sont passés, je leur ai demandé d'examiner la seringue et le médaillon. Ils les ont emportés et nous les ont ramenés en disant que la seringue contenait un poison violent mais ne portait pas de trace d'empreintes. Nous n'avons pas encore déposé de plainte. Puis ils sont encore venus il y a une heure avec M. ben Ichak. Celui-ci possède des papiers prouvant que Black lui appartient.

— J'aimerais les voir ! l'interrompt Alec en se tournant vers l'étranger.

Le visiteur les lui tend aussitôt. Il les lit soigneusement et, quand il a terminé, tourne les yeux vers les policiers. L'un d'eux, comprenant la question muette de son regard, explique :

— Nous aussi, nous avons montré une certaine méfiance quand ce gentleman nous a présenté ses papiers. Nous les avons alors fait vérifier à la direction. Ils sont indiscutablement en règle.

Abou Yakoub ben Ichak tourne vers Alec son regard grave.

— Il vaut mieux, peut-être, que je vous dise d'abord pourquoi je me suis adressé à la police, fait-il. C'était seulement pour faire constater mon identité, car je savais que ce serait nécessaire avant que je puisse réclamer mon cheval. Voyez-vous, il m'a été volé. Je ne savais pas où le chercher quand j'ai reçu, dans mon pays d'Arabie, des renseignements m'informant qu'un grand étalon noir avait battu Sun Raider et Cyclone. J'ai immédiatement pensé qu'il était possible que ce soit mon cheval Sheïtan. Je me suis adressé au consulat britannique où j'ai appris ce qui était arrivé, et comment vous-même et le cheval aviez pu échapper au naufrage. J'ai vu ensuite des photographies dans des journaux et j'ai été alors tout à fait certain que c'était bien Sheïtan.

— Mais alors, monsieur, objecte Alec, comment expliquez-vous cette tentative contre Black, la nuit dernière ?

Abou Yakoub ben Ichak demeure silencieux.

— Nous avons pensé, dit Henry, que l'individu qui a volé Black pourrait être encore vivant. Mais quelle raison aurait-il de vouloir le tuer ?

Le visage de l'Arabe reste impassible. Il prend la seringue des mains de Henry et l'examine.

— Il a laissé tomber aussi une chaînette d'or avec une médaille d'ivoire, ajoute Alec. Montre-la-lui donc.

Henry tend le curieux pendentif à Abou Yakoub ben Ichak dont le visage ne manifeste aucune réaction. Cependant, il semble à Alec que l'oiseau aux ailes déployées n'est pas inconnu de son visiteur. Mais celui-ci déclare d'une voix neutre, sans même toucher à la médaille :

— Je ne comprends pas ce que cela peut représenter. De toute façon, je reviendrai chercher Sheïtan dans une heure.

Demeurés seuls, Alec et Henry se regardent. Ils ne sont pas convaincus que l'étranger n'a jamais vu l'oiseau gravé sur l'ivoire. Quant à Black, il ouvre de grands yeux brillants, piétine sa litière et agite sa longue queue noire. Il connaît certainement cet Abou Yakoub ben Ichak. Ses naseaux sont rouges et dilatés.

Alec passe une main fébrile dans la lourde crinière.

— Alors, mon vieux camarade, lui dit-il, qu'est-ce que nous allons faire ?

Après avoir murmuré ces mots d'une voix désolée, il se retourne vers Henry dont la tristesse se lit sur le visage.

— Crois-tu qu'il accepterait de le vendre ? demande-t-il.

— Non, Alec. Il a l'air d'y tenir énormément. D'ailleurs, s'il acceptait de le céder, il en demanderait certainement un prix considérable. Et où prendrions-nous l'argent ?

— Bah ! je le trouverais peut-être. Tiens, Henry, j'ai une idée. Il se pourrait que M. Volence ou M. Hurt, les propriétaires de Cyclone et de Sun Raider, consentent à nous aider en nous prêtant une somme importante.

— Oui, ils le pourraient sans doute, d'autant plus que Black les intéresse certainement. Cela vaudrait la peine d'essayer si cet Arabe voulait bien le vendre.

Les minutes passent. Henry fait d'abord les

cent pas dans l'écurie, arrangeant les selles et les brides qui sont parfaitement en ordre. Puis, réfléchissant qu'il vaut mieux laisser Alec seul avec son cheval dont il va être séparé, il se dirige vers la porte et s'assoit sur le seuil. Tirant son couteau de sa poche, il se met à découper un long morceau de bois en évoquant de vieux souvenirs.

Mieux que personne, il sait à quel point on peut s'attacher à certains chevaux. Il y a eu Dynamo, qu'il a monté lors de sa première sortie. À l'époque, Henry n'était qu'un petit lad, un gosse en somme, comme Alec. Eh bien, Dynamo n'a-t-il pas couru le quart de mille à une allure battant tous les records ? Oui, c'était un bon souvenir. Mais il y en a eu aussi d'autres dans les années qui ont suivi : Chang, qui pouvait dépasser les plus rapides et surclasser les plus résistants. Mee Too, qui se tenait sagement sur la ligne de départ tandis que les autres se livraient à leurs incartades, et n'a encore jamais été battu. Et Flame, et Warrior, tous de bons chevaux qu'il n'a jamais pu oublier.

Des années ont passé. Son épouse a fait tout ce qu'elle a pu pour lui faire oublier la piste, et se contenter d'une retraite paisible. Mais alors est venu Alec, avec Black. Cet étalon noir, il l'a jugé au premier coup d'œil, c'est un cheval supérieur encore à tous ceux qu'il a montés ou entraînés.

Il ne peut s'empêcher de sourire en se rappelant la visite qu'a faite Alec à sa femme pour lui demander qu'elle veuille bien lui laisser mettre son cheval dans la grange qui leur appartenait. « Son cheval ! » La digne Mme Dailey avait probablement pensé qu'il s'agissait d'une vieille rosse ensellée et cagneuse comme le cheval de Tony. Cependant, quand elle s'était aperçue de son erreur, elle ne s'était pas fâchée. Sans doute avait-elle plus d'indulgence ou d'amitié pour la gent chevaline qu'elle ne l'avait laissé voir. Ou l'avait-elle accepté seulement pour ne pas faire de peine à Alec. Elle avait lu dans les journaux le naufrage du *Drake,* perdu au large des côtes d'Espagne, et avait été très émue d'apprendre que l'enfant, revenant de passer ses vacances, avait été parmi les rares survivants.

Lui, Henry, n'avait guère fait attention à Alec, jusque-là. Il voyait bien ce petit garçon roux aller à l'école et en revenir, mais leurs relations s'arrêtaient là. C'était un gosse maigre, qui semblait plus fait pour les études que pour les exercices physiques. Quand on avait reçu les premières nouvelles annonçant que tous les passagers du *Drake* avaient disparu, il était allé faire une visite de condoléances aux parents d'Alec, et le père Ramsay, qui croyait son fils perdu, avait dit seulement ces mots : « C'était un enfant courageux !... »

Cinq mois plus tard, Alec était revenu, et pas seul. Il amenait avec lui Black qui n'avait pas encore été dressé et paraissait indomptable. Personne d'autre qu'Alec ne pouvait l'approcher. Entre l'étalon noir et l'enfant était née une affection dépassant toutes celles qu'avait déjà pu remarquer Henry au cours de sa longue carrière, entre les hommes et les chevaux. Ce Black était un sauvage, de ceux que, dans les écuries, on appelle des tueurs. Et il n'était guère plus calme maintenant.

Tout de même, Henry avait aidé Alec à le dresser patiemment, à supporter la bride, puis la selle. Le cheval, alors, avait pu être mis à l'entraînement. Ils avaient commencé par le faire galoper de nuit, sur la piste. Enfin, ç'avait été sa première course. Et les habitués des hippodromes se souviendraient longtemps de la façon dont il avait laissé sur place Sun Raider et Cyclone, les deux chevaux considérés jusque-là comme les plus rapides d'Amérique. Oui, jamais plus l'on ne verrait un cheval comme ce Black !

Pas plus, hélas ! qu'il ne reverrait Black lui-même.

Henry jette un coup d'œil à sa montre. Il y a plus d'une heure qu'Abou Yakoub ben Ichak est parti.

Quelques minutes plus tard, il remet son couteau dans sa poche, car un long van arrive sur la route.

— Les voici, Alec ! s'écrie-t-il.

Le petit a toujours sa tête appuyée contre celle de l'étalon.

— C'est lui qui m'a sauvé la vie, Henry..., balbutie-t-il.

Il ne peut articuler que ces mots, car sa voix s'étrangle et ses épaules s'inclinent. Il sanglote...

— Oui, je sais... Alec...

Le grand van s'arrête à ce moment-là devant le portail. Henry se dirige vers le jeune garçon et lui met ses mains sur les épaules. L'étalon redresse la tête en montrant les dents.

— Regarde, mon petit, continue Henry. Je pourrais te parler des chevaux que j'aimais, dans le temps, moi aussi. Mais je sais que cela ne t'apporterait aucun soulagement. Je n'ignore pas qu'il n'y a pas de plus grande affection que la tienne pour Black, sauf la sienne pour toi, mais rien ne sert de pleurer. Tu es un garçon qui a le cœur solide. Tu es capable de grandes choses. Aussi, fais-toi une raison, et rends-toi compte que c'est fini entre vous deux.

Alec s'essuie les yeux du dos de la main en haussant les épaules.

— Tu as raison, murmure-t-il.

— Nous sommes devant un grand mur, un mur sans doute infranchissable. Devant la loi et par tous ses droits, cet Arabe est le propriétaire de Black. S'il accepte de le vendre, nous trouverons peut-être l'argent. S'il ne veut pas, il n'y a pas de solution ! Je vais essayer de lui parler, de lui dire tout ce qu'il y a entre Black et toi, et j'espère qu'il comprendra. Mais c'est surtout à nous d'être raisonnables. Nous savons qu'il a parcouru la moitié du monde pour venir chercher son Black. S'il a fait un tel voyage, c'est qu'il y tient vraiment et qu'il doit avoir une puissante raison d'y tenir. Pourtant il ne semble pas déraisonnable. Peut-être acceptera-t-il de m'écouter et pourra-t-il me comprendre.

— Tu ne crois pas, Henry, qu'il est pour quelque chose dans le coup de la nuit dernière ?

— Non. Abou Yakoub ben Ichak veut son cheval bien vivant. C'est quelqu'un d'autre que lui qui cherche à le supprimer. Mais qui ?… je n'en sais rien. Peut-être le sait-il, lui, mais il ne le dit pas. Quant à la médaille d'ivoire, il a affirmé très nettement que cela ne signifiait rien pour lui.

Le van a passé le portail et s'arrête devant la porte de la grange, tandis qu'Abou Yakoub ben Ichak, accompagné d'un policier, arrive dans l'allée.

— Je vais lui parler maintenant. Reste ici, Alec, dit Henry.

L'étalon hennit, et le jeune garçon se retourne vers lui.

Dix minutes après, l'Arabe, suivi de Henry, revient dans la grange. Alec ne lit pas sur le visage de son ami la lueur d'espoir qu'il espérait y trouver.

— Il ne veut pas le vendre, dit Henry.

— Vraiment, monsieur, vous ne voulez pas ? À aucun prix ?

Les yeux d'Abou Yakoub ben Ichak rencontrent ceux d'Alec. Ils semblent bons et bienveillants. Le jeune garçon a une seconde d'espoir.

— M. Dailey m'a dit tout ce que ce cheval représente pour vous, dit l'étranger. Mais, mon fils, le cheval d'un Arabe n'est pas à vendre. Nos chevaux sont une partie de nous-mêmes. Chez nous, nous avons nos familles, mais, dans le désert, nos coursiers sont notre seule compagnie. Et les hommes ne vendent pas leurs amis.

Il se tait et prend un portefeuille dans la poche intérieure de son veston.

— Je voudrais cependant vous indemniser de tout ce que vous avez fait pour lui. Vous plairait-il d'accepter ceci ?

Alec secoue la tête.

— Non, monsieur, merci, répond-il d'une voix aussi calme que nette.

Abou Yakoub ben Ichak regarde Henry. Tous deux se rendent compte de l'impossibilité de faire revenir Alec sur sa décision.

Le conducteur du van, qui est resté devant la porte, s'avance vers la stalle, un bridon à la main.

— Laissez, dit l'étranger. Je le ferai moi-même.

Alec et Henry le regardent aller vers le box. Il marche tranquillement, sans hésitation, et ouvre la porte de planches. L'étalon a un léger frémissement mais ne se cabre pas, ne montre pas les dents. C'est la meilleure preuve qu'Abou Yakoub ben Ichak en est bien le propriétaire car, sauf Henry et Alec, personne n'aurait jamais pu approcher de la stalle sans que Black décoche une ruade furieuse.

Mais l'Arabe, sans la moindre crainte, caresse la croupe soyeuse. Il lui parle doucement en arabe et ses oreilles se dressent. Prestement, Abou Yakoub ben Ichak lui passe le bridon, lui caresse l'épaule, puis, reculant d'un pas, le regarde fixement. Beaucoup d'hommes ont déjà regardé Black, mais jamais ainsi. Finalement l'Arabe se retourne.

— Vous avez été très bons pour Sheïtan, leur dit-il. Vous l'avez bien soigné. Il s'est encore développé et est devenu un très beau cheval.

Il ajoute encore d'une voix si basse que les deux amis peuvent à peine entendre ses paroles :

« Il est possible que tout ce temps n'ait pas été perdu ! »

Black esquisse un recul quand Abou Yakoub ben Ichak le tire hors de la stalle. Alec croit un instant qu'il va le frapper, mais l'Arabe restant immobile, le cheval se calme soudain et, tournant la tête vers le jeune garçon, fait entendre un léger sifflement.

Alec reste sur place, figé. Son beau cheval s'en va ! Que serait la vie, sans lui ? Tristement, il lui tend la main en murmurant :

— Hé, Black !

Mais il n'en peut dire davantage. L'étalon sort de la stalle et vient vers lui. Il incline sa tête fine, sa crinière retombant sur ses grands yeux désorientés. Le jeune garçon la relève, puis, machinalement, lui caresse le front comme il a l'habitude de le faire. Réalisant enfin que c'est la dernière fois qu'il lui parle, il lui passe les bras autour du cou et l'embrasse avec frénésie.

Personne ne dit mot dans la grange. Quand Alec relève les yeux, son regard rencontre celui d'Abou Yakoub ben Ichak.

— Vous serez gentil avec lui ! recommande-t-il.

L'Arabe fait de la tête un signe d'approbation. Le jeune garçon alors passe une dernière fois sa main sur la robe soyeuse, puis, se mordant les lèvres, va s'asseoir sur un coffre à avoine au fond de l'écurie. Les coudes sur les genoux et la tête dans ses mains, il s'efforce de ne pas entendre le bruit des sabots de Black qui s'en va, et le sifflement strident que lance l'étalon, comme un adieu.

Le moteur du van ronfle, puis les lourdes roues grincent sur le gravier.

Son Géant Noir est parti !… Le reverrait-il jamais ?…

3

L'ÉLEVEUR DE PUR-SANG

Le père d'Alec laisse tomber sur ses genoux le journal du soir qu'il est en train de lire. À travers l'arche du porche, il voit le soleil se coucher derrière la grange de Henry Dailey. Il se tourne alors vers sa femme qui coud, assise à côté de lui.

— Il fait presque nuit, Belle. Tu vas encore t'abîmer les yeux.

Mme Ramsay dépose le pantalon de velours d'Alec et ôte ses lunettes.

— Il faut bien que je lui recouse sa culotte de cheval. Il pourrait me la demander.

— Oui, espérons-le. Tu sais où il est allé ?

— Il m'a dit qu'il partait faire une promenade.

Mme Ramsay se remet à sa couture.

— Je me tourmente à son sujet, Bill, dit-elle. Il n'a pas beaucoup mangé aujourd'hui. Plus rien ne le tente.

— Je suis heureux qu'il soit allé prendre un peu l'air. Voilà plus de quinze jours qu'il est resté enfermé dans sa chambre.

— C'est à cause de ses études. Il a si bien réussi dans tous ses examens de fin d'année. Un de ses camarades m'a dit, ce matin, qu'il avait les meilleures notes de sa classe, ajoute-t-elle avec fierté.

— Oui, il a été brillant. Mais ce n'était pas dans ses habitudes de travailler avec autant d'acharnement. Bien sûr, il le fait comme dérivatif, pour ne plus penser à ce cheval. Seulement, que va-t-il faire maintenant, avec l'école fermée pour l'été ?

Mme Ramsay regarde son mari par-dessus ses lunettes.

— Crois-tu que nous pourrions lui acheter un cheval pour remplacer Black ? Ce serait une dépense, certes, mais nous lui devons bien un cadeau pour son succès scolaire.

— Oui, nous pouvons sans doute le faire. Mais es-tu certaine que cela servira à quelque chose ? À mon avis, aucun autre cheval ne pourra lui faire oublier son Black.

— Nous pouvons toujours lui demander si cela lui ferait plaisir. Pendant ses trois mois de vacances, il sera sans doute content d'avoir quelque chose pour l'occuper. Cela ne pourra qu'améliorer son moral.

La nuit est venue quand Alec rentre. Il salue ses parents et s'assoit. Au bout de quelques minutes de silence, M. Ramsay se tourne vers lui.

— Tu as brillamment passé tes examens, fiston. Nous sommes fiers de toi.

— Merci, p'pa.

Le brave homme bourre alors soigneusement sa pipe, l'allume, puis reprend :

— Ta mère et moi voudrions te faire un cadeau pour te récompenser. Y a-t-il quelque chose qui te ferait plaisir ?

— Non, vraiment rien. Merci quand même.

— Nous avons pensé que tu pourrais avoir envie d'un cheval.

Il est tenté d'ajouter : « Pour prendre la place de Black », mais, à la réflexion, préfère s'abstenir.

Alec attend une minute avant de répondre, puis le fait d'une voix si basse qu'elle est à peine audible.

— Non, merci encore. Pas maintenant, en tout cas. Si vous le permettez, je vais me retirer dans ma chambre. J'ai un livre à lire.

Il se lève et quitte rapidement la pièce.

Le lendemain, Alec se décide à retourner à la vieille grange où il n'a plus mis les pieds depuis le départ de Black. Quand il y entre, il trouve Tony qui tient dans ses mains la tête de son cheval et paraît très ennuyé.

— Mon vieux copain, lui dit-il, ce n'est rien, va. Demain tu te sentiras mieux.

— Qu'est-ce qu'il a, Tony ? demande Alec.

— Ma foi, le pauvre Napo… Il ne se sent pas très bien.

Alec caresse l'encolure du vieux cheval.

— Il prend de l'âge. As-tu consulté un vétérinaire ?

— Non. Il n'en a sûrement pas besoin. Il est encore solide malgré tout. Tu sais ce qu'il a ? Il déteste la solitude. Alors, maintenant…

— Oui, murmure le jeune garçon, c'est facile à comprendre. Black lui manque… à lui aussi… !

Tony fait entrer Napo dans son box et Alec revient vers la porte. Il sourit en voyant arriver Henry.

— J'étais désolé de ne plus te voir, lui dit le brave homme. Mais j'imagine que tu as été très occupé, avec tes examens ?

— Oui. Je les ai tous bien passés.

Ils vont s'asseoir sur un banc, devant la grange. Tony sort du box à ce moment-là.

— Alors, Henry, fait-il de sa voix chantante, quoi de neuf ?

— Rien, Tony. Toujours la même chose. Et Napo, il va mieux ?

— Mais oui, ça va. Comme vous dites, il est juste un peu déprimé. Pardi ! il lui manque son Black.

— Il ne faut pas s'inquiéter. Dans quelques jours tout ira bien.

— C'est certain. Le temps arrange bien des choses, avec de la patience. Bon. Je vais à la maison retrouver la femme et tous les *bambini.*

Quelques minutes plus tard, une puissante Cadillac stoppe devant le portail. Un gentleman de haute taille en descend, rejette son chapeau en arrière d'une pichenette et dirige un regard inquisiteur vers la grange.

— Dis donc, Henry, s'écrie Alec. On dirait bien M. Volence.

— Oui. Il lui ressemble, en tout cas. Viens, nous allons voir ce qu'il veut.

Tous deux courent vers la barrière. Ils n'ont pas revu le riche propriétaire de Sun Raider depuis que Black a battu son crack sur l'hippodrome de Chicago.

La figure au menton volontaire de M. Volence s'éclaire d'un sourire aimable.

— Henry, Alec…, dit-il, je suis content de vous voir.

Ils se dirigent vers la grange.

— Ainsi, reprend le gentleman, c'est ici que vous gardez ce démon noir de Black ? S'est-il assagi ou est-il toujours un gros paquet de dynamite ?

Henry regarde Alec. Celui-ci enfouit ses mains dans ses poches et répond tranquillement :

— Black n'est plus ici.

— Quoi ? Vous ne voulez pas dire que vous l'avez vendu ?

— Non. Son vrai propriétaire est venu le chercher.

Le jeune garçon lui raconte alors toute l'histoire. Quand il a terminé, M. Volence marche lentement vers le banc sur lequel il s'assoit.

— Il y aurait de quoi écrire un roman, fait-il. Et dire que je suis venu ici, dans cette banlieue de New York, pour vous demander si vous ne voudriez pas me vendre ce Black. J'ai retiré Sun Raider de l'entraînement pour l'envoyer à mon haras du Kentucky. Mais il me faudrait une paire de bons étalons de plus. Ce beau cheval aurait pu contribuer à améliorer la lignée de nos pur-sang. Du moins, c'est ce qu'il me semble.

— C'est tout à fait mon avis, approuve Henry.

— Il y a encore quelque chose que je ne vous ai pas dit, monsieur Volence, reprend Alec, et qui s'est produit dans la nuit qui a précédé l'arrivée de M. Abou Yakoub ben Ichak.

Il met alors son visiteur au courant de l'intrusion du mystérieux inconnu qui a essayé de tuer Black.

— Par exemple ! s'exclame M. Volence. Vous ne pensez pas qu'il y ait une corrélation quelconque entre cet Abou Yakoub ben Ichak et l'agresseur de Black ?

— Il pourrait y avoir une certaine connivence. Je parierais qu'il a reconnu la médaille d'ivoire pendue à la chaîne d'or.

— Il est possible qu'il l'ait reconnue, observe Henry. Mais je mettrais ma tête à couper qu'il n'est pour rien dans la machination nocturne.

— J'incline à penser comme Henry, dit M. Volence. Il est invraisemblable que cet Arabe ait souhaité du mal à son propre cheval.

Tous trois gardent le silence pendant quelques instants, puis le gentleman, frappant ses genoux de ses mains, poursuit :

— Bon. Je crois qu'on peut ajouter ce mystère sur la liste de ceux qui ne seront jamais éclaircis. Mais il est bien regrettable que Black soit parti, car nous n'en verrons jamais plus comme lui. Il va falloir que je parte en voyage pour quelques semaines pour voir si je ne pourrais pas trouver d'autres étalons, conclut-il en se levant.

— Où avez-vous l'intention d'aller, monsieur Volence ? demande vivement Alec.

— En Angleterre probablement. C'est là que, mieux que nulle part ailleurs, j'ai des chances de découvrir ce que je cherche.

— Pourquoi donc ?

Le gentleman abaisse vers Alec un regard un peu méprisant.

— Pourquoi ? Votre question m'étonne. Il y a assez longtemps que je m'occupe de chevaux pour savoir que les Anglais sont particulièrement forts sur la question de l'élevage. Jetez un coup d'œil sur les performances, et vous verrez que j'ai raison.

Le visage d'Alec est sérieux et son regard ne fléchit pas.

— Et Black, alors ? Ce n'est pas une fée pourtant qui l'a fait d'un coup de baguette. Vous venez de dire vous-même que nous n'en verrions probablement plus un comme lui. Vous ne pensez pas qu'il est le résultat d'années et d'années d'études sérieuses ?

— Si, évidemment.

— Je ne crois pas qu'Abou Yakoub ben Ichak soit un simple amateur dans ce genre d'élevage. Et il me semble que si j'étais vous, monsieur Volence, et que j'aie l'intention d'améliorer la lignée des pur-sang d'ici, je laisserais tomber l'Angleterre pour aller en Arabie trouver le propriétaire de Black.

L'éleveur ne proteste pas et demeure pensif.

— Ouais, fait Henry, mais nous ne savons pas où il est. Ce serait un peu comme si nous cherchions une aiguille dans une meule de foin.

— C'est possible, réplique Alec. Mais si cette aiguille présentait une grande importance pour vous, vous seriez bien capable de la trouver, n'est-ce pas ?

M. Volence ne répond pas tout de suite. Ses yeux se perdent vers les prairies lointaines tandis que le jeune garçon le regarde avec anxiété.

— Il y a du vrai dans ce que vous dites, Alec, murmure-t-il.

— Mais, ajoute Henry, le consulat américain d'Arabie pourrait vous aider à dénicher Abou Yakoub ben Ichak.

— C'est une idée, approuve le gentleman. Et il est possible que j'aie des renseignements à ce sujet à Washington. Y a-t-il un téléphone dans les environs ?

— Mais oui, monsieur, dit Alec. Il y a le nôtre, à la maison. Il est à votre disposition.

Comme ils montent les marches du perron, M. Volence demande :

— Pensez-vous qu'Abou Yakoub ben Ichak me vendrait son Black si je lui en offrais un bon prix ?

— Je ne crois pas, mais je suis sûr qu'il en a d'autres qu'il pourrait vous céder. Montez, je vous en prie. Ma mère est sortie, mais le téléphone est là.

Il avance un fauteuil devant l'appareil.

— Si mon bureau de Washington ne peut me donner ce renseignement, ajoute M. Volence, personne au monde ne le pourra !

La communication est obtenue au bout de quelques minutes. Alec écrit le nom d'Abou Yakoub ben Ichak sur une carte qu'il passe à l'éleveur.

— Allô ! Flynn ? Ici, Volence. J'ai un travail important pour vous. Il faut que vous m'obteniez tous les renseignements possibles sur un nommé Abou Yakoub ben Ichak. Où il habite ? En Arabie… Oui, il y réside et je veux absolument avoir son adresse. Passez au peigne fin toutes les sources d'informations et câblez s'il le faut au consulat américain de là-bas. J'ai besoin d'entrer rapidement en contact avec cet Arabe… Non, je ne serai plus à New York. Je regagne cette nuit ma propriété pour régler quelques affaires urgentes. Appelez-moi là-bas aussi vite que vous le pourrez. C'est bien compris ? Parfait. Au revoir.

» Bon, reprend M. Volence en revenant vers Alec et Henry. Le mouvement est déclenché. Dans deux jours je saurai quelque chose.

— Et ensuite ? s'enquiert Alec.

— Voilà : s'il y a une chance de dénicher Abou Yakoub ben Ichak, je lui téléphonerai pour savoir s'il veut me vendre Black, ou s'il a d'autres chevaux de cette classe qu'il accepterait de me céder. En cas de réponse satisfaisante, j'irai en Arabie. Il est possible qu'il soit un grand maître en élevage de chevaux et qu'il ait des pensionnaires valant la peine d'être achetés. Si Black est un échantillon de sa production, il serait intéressant de voir les autres. Enfin, pour l'instant, j'attends de savoir qui est cet Abou Yakoub ben Ichak, quels sont ses tenants et aboutissants. Je ne puis quand même pas me lancer à l'aveuglette en Arabie, mais vous pouvez être sûrs que si j'ai la moindre chance de le trouver, j'irai.

Les yeux d'Alec brillent. Il prononce la phrase qu'il a depuis un moment sur les lèvres.

— Dites, monsieur Volence. Si vous y allez… Ne voudriez-vous pas… ou plutôt ne pourriez-vous pas avoir besoin de quelqu'un… pour vous aider à ramener les chevaux ?

— Ah ! votre projet se dessine, fait M. Volence en souriant. Vous y songiez, hein ? Vous aviez mijoté cela d'avance. Eh bien oui, mon petit. Si j'y vais, je serai content de vous avoir avec moi. Comme vous connaissez déjà Abou Yakoub ben Ichak, vous pourrez probablement m'être utile.

— C'est certain, appuie Henry. D'autant plus qu'il ne faut pas oublier que, sans Alec, Black ne serait plus de ce monde. L'Arabe ne l'ignore pas. Il a offert une grosse récompense au gosse, mais celui-ci l'a refusée.

Le regard de Henry se porte alors vers sa maison brune qu'il voit de l'autre côté de la rue, par la fenêtre de la salle de séjour.

— N'auriez-vous pas besoin d'un autre homme encore ? demande-t-il timidement.

— Oui, si c'est de vous qu'il s'agit, et si vous vous contentez que je paie seulement vos frais, mais pas plus.

— Comme cela je suis votre homme, et avec plaisir.

Ils se dirigent alors vers la porte.

— C'est bon, fait M. Volence. Il n'y a plus qu'à souhaiter que rien ne nous empêche de voler vers l'Arabie. Je me mettrai en rapport avec vous aussitôt que les formalités nécessaires seront terminées. Quant à vous, Alec, vous ferez bien d'en parler tout de suite à vos parents et de vous mettre d'accord avec eux, car si nous devons partir, ce sera dans un délai très court.

Trois jours plus tard, Alec reçoit une lettre de M. Volence et, sans l'ouvrir, court vers la grange. Il y trouve Henry occupé à nettoyer la bride de Black.

— La voilà ! s'écrie-t-il en brandissant l'enveloppe.

Ils s'assoient sur le banc, et Alec ouvre le pli.

— Porte-moi chance, Henry. Voici ce qu'il nous écrit :

Dawn Under Farm, le 26 juin

Mes chers Alec et Henry,

J'ai frappé à toutes les portes où je pouvais espérer trouver des renseignements sur Abou Yakoub ben Ichak. J'ai appris qu'il est le cheik d'un petit royaume, quelque part dans le district du Kharj, à l'est du Grand Désert central. C'est dans une région perdue, la moins explorée de la contrée. J'ai bien peur qu'il ne nous soit presque impossible de communiquer avec lui.

Cependant, je désire absolument retrouver cette « aiguille », quitte à passer au crible tous les grains de sable du désert. Je partage entièrement l'opinion d'Alec au sujet de Black. Ce cheval est certainement le résultat de nombreuses années de sélection et d'élevage soigné. Abou Yakoub ben Ichak doit en avoir d'autres comme lui.

J'ai heureusement un vieil ami qui habite le village de Haribwan, à la lisière occidentale du Grand Désert. Je lui ai télégraphié. Il m'a répondu en m'assurant qu'il serait capable de me fournir une caravane et un bon guide pour traverser le désert. Il est même possible qu'un des commerçants de Haribwan puisse nous indiquer où se trouve le royaume d'Abou Yakoub ben Ichak.

Je sais que je vais risquer pas mal d'argent en essayant de le trouver, mais je suis de plus en plus décidé à faire le voyage. Si tout marchait selon nos désirs, il serait aussi intéressant que profitable.

Mais je me rends bien compte qu'avec des chances aussi minces de réussite, vous ne désirez peut-être plus venir avec moi. Toutefois, si vous êtes toujours d'accord pour venir, télégraphiez-moi immédiatement pour que je puisse retenir au plus vite des places d'avion.

Meilleurs souvenirs.

CHARLES B. VOLENCE.

— Super, Henry ! s'écrie Alec. Voici qui sonne agréablement à mes oreilles !

— Et comment ! J'ai bien l'impression que, comme il le dit, M. Volence retournerait toutes les pierres du désert pour retrouver Abou Yakoub ben Ichak. Il a l'habitude de réussir tout ce qu'il entreprend. Mais, tes parents, il va falloir les consulter.

— C'est déjà fait. Je les ai mis au courant tout de suite après le départ de M. Volence. Maman a été très effrayée, mais il m'a bien semblé que papa était pour moi. Enfin, ils ne m'ont dit ni oui ni non. Cependant papa a ajouté qu'il me donnerait sa réponse quand M. Volence nous aurait communiqué sa décision de partir. Ce n'est pas comme si je devais y aller tout seul.

— Ton affaire se présente mieux que la mienne, dit Henry en se levant et en s'étirant. Je n'en ai pas encore soufflé mot à ma femme.

— Que penses-tu qu'elle va dire ?

— Hum… Avec les femmes, on ne peut jamais savoir !…

Ils partent vers la maison de Henry.

— Tu ne crois pas que cela va te créer des ennuis avec elle ? reprend le jeune garçon.

— Des ennuis ? Il y en a toujours en réserve, là-bas, répond-il en désignant la petite maison d'où proviennent des bruits d'aspirateur et de meubles déplacés. Elle doit être en train de faire le ménage.

— Alors, va vite l'aider. Cela la disposera sans doute en ta faveur.

— Oui, tu as raison. Je vais lui parler tout de suite et carrément. Il est inutile de tarder davantage.

— Bon. J'espère que tout ira bien pour nous deux. Mais moi aussi, je vais parler à papa dès son retour. Tiens, nous allons convenir d'un signal. Si ça marche chez toi, lance trois coups de sifflet. J'en ferai autant de mon côté.

— O.K., Alec. Allons-y... Il y a de l'espoir !

Henry se dirige vers la porte qui donne sur la route. Alec le voit regarder ses chaussures qui sont pleines de boue, hésiter un instant, puis contourner le bâtiment pour entrer par-derrière. Le jeune garçon sourit et rebrousse chemin.

En ouvrant la barrière d'entrée de son petit jardin, il regarde nerveusement sa montre. C'est justement l'heure à laquelle son père revient chaque jour. Il va bientôt être fixé sur la possibilité de son voyage en Arabie.

Comme il traverse la route, il aperçoit son père qui descend de l'autobus et se précipite vers lui en courant.

M. Ramsay enlève son chapeau, passe son mouchoir sur son front et dit en souriant à son fils :

— C'est beau d'être jeune ! Par cette chaleur, j'éprouve bien de la peine à marcher et tu cours comme un lièvre !

Il appuie sa main sur l'épaule du jeune garçon et tous deux gagnent leur maison. Comme ils montent les marches du perron, Alec aborde le sujet qui lui tient tant à cœur.

— P'pa, dit-il, je voudrais bien te parler ainsi qu'à maman avant le dîner.

Au ton sérieux de son fils, M. Ramsay comprend tout de suite ce qu'il va leur demander.

— C'est entendu. Entrons et nous appellerons ta mère.

Mme Ramsay, qui est dans la cuisine, vient les retrouver en s'essuyant les mains à son petit tablier. Alec, voyant l'air grave de son père, se sent plein d'appréhension, mais il sourit en l'entendant dire :

— Naturellement, tu étais en train de t'escrimer devant ton fourneau brûlant. Viens. Alec a, paraît-il, quelque chose à nous dire.

— Voilà, p'pa. Nous avons des nouvelles de M. Volence. Tu te souviens de ce que tu m'as dit, pour le jour où nous serions fixés ?

— Alors ?

— Alors, il part au début de la semaine prochaine et désire toujours que j'aille avec lui.

— Henry est-il aussi du voyage ?

— Je pense que oui. J'en suis même sûr. Il m'a répété tout à l'heure qu'il viendrait.

Mais la bonne Mme Ramsay n'en est pas convaincue.

— C'est curieux, fait-elle, j'ai vu Mme Dailey cet après-midi et elle ne m'a rien dit à ce sujet.

— Mom ! Tu ne lui en as pas parlé, j'espère ?

— Non, mais pourquoi ne le devrais-je pas ?

— Parce que Henry ne lui a pas encore annoncé la nouvelle.

Soudain un coup de sifflet perce la nuit, suivi d'un second, puis d'un troisième.

— Ça y est, m'man, il vient ! s'écrie Alec tout joyeux.

— Quoi, fait M. Ramsay en souriant, c'était un signal convenu entre vous ? Eh bien, fiston, ta mère et moi avons décidé de te permettre de faire ce voyage.

— Splendide ! s'exclame Alec en les prenant successivement dans ses bras. Vous êtes la meilleure mère et le meilleur père du monde !

— Ma foi, nous avons pensé qu'il serait difficile de te garder enfermé pendant tout l'été... Surtout un poulain sauvage comme toi !

Les yeux bleu pâle de Mme Ramsay demeurent inquiets.

— Tu seras bien prudent, Alec ? Tu feras tout ce que te diront M. Volence et Henry ?

— Je te le promets. Je prendrai toutes les précautions possibles. Et puis, cette expédition me fera du bien. Ne dit-on pas que les voyages forment la jeunesse ?

— Oui, je disais cela aussi quand j'étais jeune. Mais ne reviens pas ici plusieurs mois après que les autres seront retournés à l'école, recommande son père. Rappelle-toi que les cours reprennent à l'automne prochain.

— Bien sûr que je m'en souviendrai. Maintenant, est-ce que cela vous ennuierait si je télégraphiais à M. Volence avant de dîner ? Il nous a écrit de répondre très rapidement, car il doit retenir des places dans l'avion. Je vais survoler l'océan et tout le chemin vers l'Arabie. Oui, ce sera une bonne leçon de géographie, n'est-ce pas, p'pa ? Je vais aller voir Henry aussi. Tu veux bien, m'man ? Ce ne sera pas long, je serai vite de retour.

Et, joyeusement, Alec court vers la porte.

4

VERS L'ARABIE

La puissante Cadillac de M. Volence vient de déposer les trois voyageurs à Idlewild, l'aéroport international de New York qui se trouve au bord de Jamaica Bay, au sud-est de Brooklyn.

Le chauffeur leur remet leurs valises, puis la voiture repart aussitôt.

M. Volence a préféré utiliser une ligne française pour ce long voyage.

— C'est par Air France, leur a-t-il expliqué, que nous arriverons le plus vite à Aden, car ses avions font New York-Paris sans escale, ce qui supprime l'arrêt de Gander, dans l'île de Terre-Neuve, et de Shannon en Irlande, et épargne aussi de changer d'appareil à Londres. De Paris, nous gagnerons également Beyrouth sans escale.

Puis, c'est une compagnie aérienne de Jordanie qui nous déposera à Aden. Nous n'arriverons que dans trois jours, car il nous faudra passer une nuit à Amman.

Alec, en entrant dans le grand aéroport, s'étonne du nombre de gens qui attendent, à demi somnolents sur des bancs, ou qui font la queue devant les guichets officiels de transit et de douane. Il leur faut aussi se mêler à une longue file pour faire tamponner leurs carnets de voyage. Ensuite, M. Volence se rend seul au petit bureau d'une compagnie d'assurances tandis que Henry et son jeune compagnon s'amusent à regarder tour à tour la salle des coiffeurs pour hommes, le restaurant, et même un Photomaton.

L'éleveur a à peine terminé ses démarches qu'un haut-parleur retentit :

— Messieurs les voyageurs pour Paris sont priés de monter à bord.

Alec et ses amis passent sur les pistes d'envol, et un employé habillé d'un superbe uniforme bleu chamarré d'or leur indique d'une voix autoritaire :

— Voici, gentlemen, le Super-Constellation pour Paris !

Le jeune garçon regarde un immense et splendide avion argenté qui les attend, fièrement posé sur ses trois roues.

— Oh ! s'écrie Alec, il s'appelle le *Parisien Spécial* !

Comme les hélices des quatre puissants moteurs commencent à tourner doucement, ils se dirigent vers la rampe mobile et montent dans l'avion.

L'appareil est loin de ressembler à tous ceux qui passent souvent au-dessus de la banlieue new-yorkaise. Tout, à l'intérieur, est d'un luxe étonnant. Une belle jeune fille en uniforme bleu avec un petit béret posé crânement sur ses cheveux brillants les accompagne à leurs fauteuils et leur explique que, d'une simple pression de la main sur une plaque qui se trouve à l'extrémité de l'un des accoudoirs, ils les transformeraient aussitôt en couchettes. Puis elle retourne avec les deux stewards se mettre à la disposition des autres passagers.

Tout le monde est installé. Les fauteuils sont placés par deux de chaque côté de l'allée centrale. M. Volence et Henry s'assoient côte à côte. Alec se met derrière. Le fauteuil voisin du sien est inoccupé.

Les moteurs ronflent toujours et l'avion ne démarre pas.

— Le départ est bien pour sept heures, n'est-ce pas ? dit M. Volence à la jeune fille – l'hôtesse de l'air – qui passe près de lui.

— Oui, monsieur, mais nous venons de recevoir l'ordre d'attendre un passager qui sort à peine de la douane. Il doit s'agir d'un personnage important, car c'est la première fois que cela se produit.

Le voyageur attendu arrive enfin. C'est un homme gros et court, avec des épaules très larges et un cou de taureau. Il lui manque un bras, car sa manche gauche pend vide et l'extrémité en est enfoncée dans la poche du veston. Il est oriental certainement, car son visage profondément ridé est si basané qu'on l'aurait presque pris pour un Noir. De petits yeux gris surgissent des paupières retombantes.

— Je crois que ce siège est le mien, dit-il en désignant la place libre à côté d'Alec.

L'hôtesse de l'air le lui confirme et il s'assoit pesamment quand le jeune garçon a repris les journaux et revues qu'il a déposés à côté de lui.

Après s'être installé, comme les trois amis le regardent, il se redresse et dit en s'adressant à M. Volence :

— Permettez-moi de me présenter. Mon nom est Ibn al-Khaldun.

Les trois amis lui rendent la politesse, puis comme l'ordre vient d'en être donné par le poste de pilotage, l'hôtesse les prie de mettre les ceintures de sécurité pour le décollage.

— Ce n'est que pour quelques instants, ajoute-t-elle. La même précaution sera prise avant l'atterrissage et vous sera annoncée par ce voyant lumineux.

Le bruit des moteurs a cessé comme par enchantement car, l'appareil étant insonorisé, on peut à peine percevoir à l'intérieur le ronflement doux qui indique la bonne marche du Super-Constellation.

Le voisin arabe d'Alec a déjà fait jouer la plaque de l'accoudoir pour incliner le dossier de son fauteuil. Les yeux clos, il semble dormir.

« La conversation ne sera pas fatigante », se dit le jeune garçon.

L'avion monte toujours. La hauteur à laquelle il doit effectuer le voyage, dit l'une des notices que leur a données l'hôtesse de l'air, dépasse six mille mètres et la vitesse est de cinq cent soixante-dix kilomètres-heure.

Alec est charmé de l'amabilité du personnel qui leur offre des consommations. Le jeune garçon accepte un grand verre de jus de fruits tandis que M. Volence et Henry préfèrent un whisky qu'ils déclarent excellent. Quant au passager manchot, il continue à dormir.

Vient l'heure du dîner. Ils vont à un petit salon élégant qu'a retenu M. Volence. Le menu, qui comporte entre autres du caviar et du foie gras qu'Alec goûte pour la première fois, enchante les convives ainsi que la petite bouteille de champagne que l'on offre à chacun d'eux.

Ibn al-Khaldun n'a pas bougé de son siège. Il n'a vraisemblablement pas faim.

« Pourquoi bouder un tel repas, songea Alec, quand il est compris dans le prix du voyage ? »

M. Volence s'amuse à taquiner Henry.

— Alors, mon cher, Mme Dailey vous a tout de même laissé partir ?

— C'est-à-dire qu'elle n'a rien voulu savoir au début, explique le brave homme. Mais je lui ai promis de lui rapporter des masses d'objets en ivoire. Vous comprenez, elle en fait collection.

— De l'ivoire, en Arabie ? s'étonne son interlocuteur. Mais il n'y a pas d'éléphants dans le pays. Il faudra que vous en fassiez l'élevage !

— Non, merci. J'aime mieux m'occuper de celui des chevaux. Je trouverai bien quelques bagatelles sans valeur à rapporter à ma femme.

Quand ils reviennent à leurs fauteuils, l'hôtesse de l'air leur donne des oreillers et des couvertures, et ils s'installent pour la nuit. Alec n'est pas très tranquille en voyant des jets de flammes sortir des moteurs. Mais quand l'hôtesse lui explique que c'est normal et que tout se déroule bien à bord, il sourit et s'endort profondément.

Tous s'éveillent assez tard. Mais comme l'avion ne doit arriver à Paris qu'à midi et demi, ils n'ont pas à se presser. Ils se rendent au bar pour prendre leur petit déjeuner. Ibn al-Khaldun dort toujours. Ignorant sans doute que les fauteuils sont munis d'aérateurs individuels, il a déployé sur sa figure un large mouchoir de soie.

Le *Parisien Spécial* atterrit à Orly à l'heure précise.

— Vous pouvez aller visiter Paris, leur a dit l'hôtesse. Mais comme votre avion pour Beyrouth part ce soir à neuf heures, il faudra que vous soyez à la gare des Invalides vers sept heures moins dix.

M. Volence loue une voiture pour donner à ses amis un aperçu de la capitale. Mais comme Henry désire surtout voir les hippodromes, l'auto les fait passer par le bois de Boulogne où ils voient de l'extérieur Auteuil et Longchamp, avant de leur faire descendre les Champs-Élysées et parcourir les grands boulevards. Alec remarque que ces derniers, malgré leurs arbres, sont moins larges que Broadway, mais il est ravi de cette traversée de Paris et se promet bien d'y revenir.

C'est un autre Super-Constellation qui les emmène le soir vers Beyrouth. Ibn al-Khaldun n'est plus à côté d'Alec. Il a préféré un autre fauteuil plus vers l'avant. Mais il ne vient pas prendre son repas au salon. Après tout, c'est bien son droit.

Alec se penche vers le large hublot mais ne peut rien voir. Le grand avion survole sans cesse une mer de nuages.

À neuf heures du matin, ils arrivent à Beyrouth, à l'aéroport de Khaldé. Comme l'avion pour Aden ne part qu'à une heure de l'après-midi, M. Volence les emmène déjeuner en ville.

Beyrouth les amuse. C'est déjà l'Orient, mais avec des immeubles modernes et des gens aimables, et tous les noms des rues sont écrits en français. Le restaurant du Grillon où ils se rendent leur donne l'impression de n'avoir pas quitté New York.

À treize heures, ils repartent. L'avion est beaucoup moins luxueux. C'est un Douglas D.C. 3 de l'Arab Airways, la ligne nationale de Jordanie. Le voyage doit être rapide. Ils se trouvent bientôt devant une ville qui paraît étrange à Alec : des dômes, des coupoles, des tours, des clochers, des terrasses. Tout cet ensemble paraît écrasé entre de hauts remparts d'une couleur rougeâtre.

— Jérusalem, annonce l'hôtesse. L'arrêt n'est que de trente minutes.

Ils demeurent donc à leurs places, les yeux fixés aux hublots par lesquels ils ne peuvent voir grand-chose à cause de l'aérogare et des hangars qui masquent la vue.

Enfin, vers quatre heures, ils atterrissent à Amman, la capitale de la Jordanie. Ils doivent y passer la nuit car l'avion pour Aden, un autre Douglas D.C. 3, ne part que le lendemain matin à sept heures.

Dès qu'ils ont fait viser leurs billets et passé à la douane, M. Volence les fait conduire au meilleur hôtel de la ville. Mais comme il n'y en a qu'un grand, il n'a guère eu le choix.

— Avez-vous vu Ibn al-Khaldun ? dit Alec en riant. Il a une grosse tache d'encre sur sa chemise. Il a eu tort de ne pas lire les instructions de route. Elles spécifient que, pendant l'ascension, la pression atmosphérique décroît légèrement. On ne peut pas s'en rendre compte, mais les stylos y sont sensibles. Aussi faut-il les vider soi-même si l'on ne veut pas qu'ils se vident tout seuls dans la poche. Il paraît qu'il faut prendre la même précaution pour tous les flacons de parfum.

— Je m'en étais méfié, dit M. Volence en souriant.

Amman est située entre deux collines plantées de cyprès auxquels la poussière soulevée par le vent du désert de Syrie vient donner une couleur argentée. La ville européenne a été construite par des architectes britanniques, mais, n'étant pas tentés de la visiter, les voyageurs ont le temps de faire leur toilette et de descendre pour le dîner.

— Il n'y a qu'une chose à voir dans la ville, leur dit un officier anglais qui appartient à l'état-major du gouverneur. C'est le cabaret *Philadelphia*, et il est justement situé dans votre hôtel.

Il explique à Alec que le nom de Philadelphia ne vient pas de la capitale de l'État de Pennsylvanie, mais de ce que l'ancienne cité de Robat-Amman a été conquise et rebâtie par le pharaon d'Égypte Ptolémée Philadelphe.

Ils dînent donc au *Philadelphia* dans une salle remplie d'une foule élégante en costumes européens.

Le lendemain, ils repartent. Ibn al-Khaldun a toujours la tache noire sur sa chemise.

— Vous savez, fait Henry en venant un peu en retard retrouver ses amis à l'avion, je me suis attardé au bar où j'ai pris un café à côté d'Ibn al-Khaldun. Je suis quand même arrivé à le faire parler un peu. Oh ! pas beaucoup. Cependant il m'a profondément surpris. Figurez-vous qu'il connaît parfaitement les noms de beaucoup de chevaux que j'ai entraînés. Je l'ai rendu un peu plus bavard en parlant de Chang qui a fait une minute douze dans le Derby. Alors, le manchot a dit qu'il estimait que Prince Pat, le poulain dont je vous ai déjà parlé et qui est tombé boiteux à sa seconde course – et c'est bien dommage car il a fallu l'abattre –, était un meilleur cheval que Chang et le plus rapide qu'on ait jamais vu. De plus, très peu de gens ont entendu parler de Prince Pat, parce que je ne l'avais pas encore préparé pour de grandes épreuves quand il a eu son accident. Et lui, il le connaissait ! Ces Arabes sont quand même des gens formidables !

— Hum, peut-être trop, murmure Alec.

L'escale de quarante-cinq minutes à Djedda – le port le plus proche de La Mecque – leur permet de voir des hommes qui portent des foulards de Madras brodés sur la tête, retenus par une cordelière d'or, et de longues robes de soie mauves, vert pistache ou violettes, richement chamarrées d'or. Ils se promènent deux par deux en se tenant par l'extrémité du petit doigt.

Ibn al-Khaldun sommeille toujours avec son mouchoir sur la figure. Mais il faut bien le réveiller à sept heures du soir, car l'avion survole Bab el-Mandeb et se prépare à atterrir à Aden.

Après avoir passé par la douane une fois de plus, Alec et ses compagnons prennent l'autocar jaune qui doit les conduire à leur hôtel. Comme ils y arrivent, Ibn al-Khaldun en sort et se dirige vers une voiture noire. Il a changé de costume et en porte maintenant un blanc avec une chemise à col ouvert. Il tire encore un mouchoir de soie blanche de sa poche et éponge la transpiration qui ruisselle sur son visage sombre. Apercevant alors ses compagnons de voyage, il avance dans leur direction.

— Je me demande ce qu'il peut nous vouloir, dit Alec à voix basse.

— Probablement nous dire un aimable au revoir, fait Henry.

Le manchot s'arrête devant eux, mais ne dit rien. C'est M. Volence qui lui adresse la parole.

— Est-ce que vous habitez Aden ? lui demande-t-il.

Les yeux de l'Arabe se posent sur Alec puis sur le gentleman et il attend quelques secondes avant de répondre :

— Non, ma maison est loin dans le Nord.

— Quelque part près du Grand Désert central ? insiste le jeune garçon.

Ibn al-Khaldun sourit, laissant voir ses gencives édentées. Il incline la tête dans un geste affirmatif, mais ne prononce pas un mot.

M. Volence et Henry regardent alors Alec. Ils savent quelle sera la prochaine question du petit bonhomme et ne se trompent pas.

— Auriez-vous déjà entendu parler d'un Arabe qui se nomme Abou Yakoub ben Ichak ?

Le manchot passe le mouchoir sur son visage puis sur son crâne luisant avant de secouer négativement la tête.

— L'Arabie est un pays très étendu et très complexe, répond-il lentement, comme s'il pesait ses paroles. Nous ne nous connaissons guère les uns et les autres, dans le Nord.

Il a laissé le mouchoir sur le sommet de sa tête et le carré de soie est posé d'une façon si ridicule qu'Alec a envie d'éclater de rire. Un coup de vent soudain le fait tomber.

Ibn al-Khaldun se penche pour le ramasser, mais le jeune garçon s'est également précipité, et il a déjà la main sur le mouchoir quand il s'arrête net. Il vient de voir dans l'échancrure de la chemise de l'Arabe, pendant à son large cou, une chaînette d'or à laquelle est suspendue une médaille… Et cette médaille représente le mystérieux oiseau aux ailes déployées !

5

LE PHÉNIX

Alec attend qu'Ibn al-Khaldun soit parti pour faire part à ses amis de ce qu'il a vu.

— Es-tu bien sûr que ce médaillon est semblable à celui que nous avons trouvé ? demande Henry d'une voix troublée.

Le jeune garçon plonge la main dans sa poche et en retire la chaînette d'or et son pendentif.

— C'est le même. Il est exactement pareil à celui-ci. Je ne peux pas me tromper.

M. Volence regarde alors dans la direction où Ibn al-Khaldun est parti dans l'automobile noire.

— Venez, nous allons le suivre, dit-il.

Il appelle un taxi et tous trois y montent. Puis M. Volence montre au chauffeur la voiture qui s'éloigne et lui recommande de la rejoindre puis de se tenir à peu près à une centaine de mètres derrière.

— Ce qui nous intéresse, dit-il, est de savoir où il habite. Nous nous adresserons à la police.

— Mais nous n'avons aucun grief contre lui, objecte Alec. Si nous affirmons quelque chose, il dira le contraire. Et qui croira-t-on alors ?

— Oui, certes, mais la vérification d'identité nous servira. J'ai des amis au ministère britannique d'ici, et qui seraient capables de lui faire peur. Nous ne pourrions rien savoir par nous-mêmes. C'est notre seule chance.

Le taxi suivant l'autre voiture approche des limites de la ville, quand Alec remarque que la distance entre eux augmente.

— Il faut que nous gagnions sur lui, fait-il, sinon il va nous semer.

La voiture noire qui suit la grande avenue tourne soudain dans une rue transversale assez étroite. Comme elle a dû ralentir pour s'y engager, le chauffeur du taxi n'a aucun mal à se retrouver derrière. Mais ils contournent un bloc de maisons et reviennent dans la grande artère.

— C'est bizarre, murmure Henry.

— Pas si bizarre que ça, proteste Alec. Il veut savoir s'il est vraiment suivi et nous avons donné dans le panneau.

Se penchant en avant, M. Volence recommande au chauffeur d'accélérer.

— J'ai bien l'impression que vous avez raison, Alec. Il donne toute sa vitesse et nous aurons bien de la chance si nous pouvons rester derrière lui.

La voiture d'Ibn al-Khaldun file sur la grande avenue devenue une route, et au bout de quelques minutes, le vieux taxi est si en arrière que le véhicule du manchot est vite hors de vue.

— En tout cas, remarque Alec, cela prouve qu'il est pour quelque chose dans la mystérieuse tentative contre Black et qu'il se doute que nous le soupçonnons, sinon il aurait stoppé au lieu de s'enfuir.

— Pas forcément, fait M. Volence. Il a peut-être une autre raison.

— Quoi qu'il en soit, répond Alec peu convaincu, je viens de noter le numéro de la voiture. Nous pourrons contrôler à la direction de la police.

— Vous êtes un brave garçon ! fait M. Volence, satisfait.

Quelques minutes plus tard le taxi arrive au commissariat central et M. Volence y entre pendant que les deux autres l'attendent. Il revient assez rapidement et explique :

— Nous n'avons pas beaucoup de chance. La voiture appartient à une entreprise de louage et le conducteur a reçu l'ordre d'aller chercher Ibn al-Khaldun à l'aéroport. Je dois revenir vers le soir et on me dira à quelle adresse notre ami a été déposé. Nous pourrons ensuite apprendre quelque chose.

Quand ils se sont installés dans leur chambre à l'hôtel, M. Volence va voir le loueur d'autos, mais tout ce qu'il peut apprendre est qu'Ibn al-Khaldun a fait arrêter la voiture dans un faubourg, puis qu'il a appelé un taxi aussitôt que le conducteur a fait demi-tour.

L'éleveur américain fait une enquête sur le manchot auprès de plusieurs hommes d'affaires qu'il connaît, mais n'est guère mieux renseigné.

— Ils m'ont dit, explique-t-il ensuite à Alec et à Henry, qu'il y a un assez grand nombre de familles du nom de Khaldun dans le centre et le nord du pays et que ce serait certainement perdre notre temps que d'essayer de suivre sa trace.

Henry passe sa large main sur son menton qu'il n'a pas rasé depuis le départ d'Idlewild, et déclare :

— La seule chose qui nous reste à faire est de déguerpir tout en gardant les yeux bien ouverts en ce qui le concerne.

— Oui, car je crois que nous n'avons pas fini de le voir, approuve Alec.

Ils partent le lendemain matin pour Haribwan. Comme ils attendent le train, à la gare, M. Volence leur dit qu'il vient de téléphoner à son ami de là-bas et que celui-ci viendra les chercher.

— Est-ce qu'il va pouvoir nous fournir un guide ? demande Alec.

— Non, malheureusement. Il m'a dit qu'il était très facile de trouver un guide pour traverser le désert, mais que pour s'engager dans les montagnes, c'était une tout autre histoire. Il paraît qu'il y a des régions dont l'accès est interdit, et en tout cas où il y a beaucoup de tribus hostiles. Ce qui fait que bien rares sont ceux qui s'y aventurent.

— Ceci n'est pas de très bon augure, dit Henry en esquissant une grimace.

Le train, avec son antique locomotive et ses vieux wagons de bois, arrive assez péniblement à la gare. Les trois amis trouvent leurs places et s'installent pour le voyage.

— Est-ce que le trajet sera long ? s'enquiert Alec.

— Un peu plus de douze heures, répond M. Volence. Nous arriverons vers huit heures du soir.

La chaleur est si forte qu'Alec et ses amis ôtent leurs vestes. Bientôt le train se met en route et une brise sèche balaie le wagon.

— Je crois que nous devons être dans un des pays les plus chauds du monde ! soupire l'adolescent.

— Oui, et un des plus secs. Mais nous arriverons bien à nous y habituer, dit M. Volence en souriant.

Alec aperçoit par la fenêtre de vastes étendues de steppes couvertes de maigres buissons. Vers l'ouest se dessinent les montagnes qui bordent la mer et s'élèvent graduellement vers le nord. Par instants, il aperçoit une petite ferme avec ses cultures attenantes.

— Les côtes Ouest et Sud de l'Arabie sont les plus fertiles, explique M. Volence. Vers l'est, il n'y a que la stérilité du Grand Désert et les montagnes vers lesquelles nous voulons aller. Certains Arabes disent de leur pays que c'est une île entourée d'eau de trois côtés et de sable sur le quatrième, et les géologues affirment que l'Arabie était jadis la continuation du Sahara dont elle a été séparée par la fissure de la vallée du Nil et le grand abîme de la mer Rouge.

— Il n'y a pas de rivières ? continue Alec.

— Aucune qui présente une importance quelconque. Il y a de nombreux oueds, c'est-à-dire des creux de terrains plus ou moins longs qui se remplissent d'eau pendant la saison des pluies qui est assez courte, mais ils ne tardent pas à s'assécher.

— Alors je ne vois pas comment ils peuvent faire de la culture ou de l'élevage. De quoi se nourrissent-ils ?

— Il n'y a, en effet, que fort peu de terres labourables. Mais, dans la région côtière, on trouve des cocotiers, de la canne à sucre, et des fruits comme les dattes, les amandes et les melons d'eau. Les Arabes élèvent des moutons et des chèvres, et leur café passe pour le meilleur du monde. Au désert, je crois que la principale nourriture des nomades consiste en dattes et en lait.

— Des dattes et du lait ! ce n'est déjà pas si mal, fait Henry qui suit la conversation.

Les heures passent. Le train file vers le nord-est. La campagne est moins peuplée et le terrain presque en friche. De grandes plaines de sable s'étendent devant les voyageurs. Les montagnes de l'ouest ne sont presque plus visibles. Alec regarde les autres occupants du compartiment dont la plupart sont endormis. Il y a des gens qui doivent être des Anglais, d'après leurs traits et leurs costumes, mais la grande majorité se compose d'Arabes portant de longues tuniques blanches avec une large ceinture, et, par-dessus, le burnous flottant qu'Alec a souvent vu sur des gravures ou des photographies. Certains portent sur la tête une sorte de foulard retenu aux tempes par une cordelette. Quoique de taille moyenne, leur stature est puissante, et des mâchoires larges, un nez aquilin et des joues assez plates expriment une certaine fierté. Le jeune garçon ne peut s'empêcher de songer à quel point ils sont dissemblables de cet Ibn al-Khaldun, à la face adipeuse et diabolique.

M. Volence a la médaille d'ivoire dans la main et l'examine. Voyant à quel point il semble s'y intéresser, le jeune garçon lui demande :

— Avez-vous fini par trouver ce que cela peut représenter ?

L'éleveur réfléchit encore quelques instants, puis répond :

— Je pense justement à ce qu'un de mes amis d'Aden m'a dit hier à ce sujet. Comme il a étudié la mythologie arabe, il estime que ce pourrait être le fameux oiseau d'Égypte, le phénix. Mais ni lui ni moi n'avons vu un phénix ainsi dessiné, avec les ailes ouvertes pour prendre son vol. Ce n'est d'ailleurs qu'une hypothèse.

— Quelle est l'histoire du phénix ?

— Le phénix devait être une représentation du dieu solaire et était adoré comme tel. Selon la légende, il a vécu cinq cents ans en Arabie. Quand le phénix se sentait au déclin de son existence, il déposait un œuf dans son nid et ensuite y mettait le feu. Il périssait dans les flammes, mais, des cendres, sortait un nouveau phénix qui venait à la vie. C'est le symbole de la mort et de la résurrection.

— C'est très intéressant, dit Alec. Mais s'il s'agit bien du phénix, que peut-il symboliser pour Ibn al-Khaldun ?

— Je n'en ai pas la plus petite idée. Peut-être rien du tout. Quelque fétiche qu'il emporte avec lui.

— À mon avis, déclare alors Henry, ce doit être un insigne secret ou quelque chose dans ce genre-là. Car enfin, autant que nous le sachions, il y en a eu au moins deux, celui que vous tenez et l'autre qui est au cou d'Ibn al-Khaldun. Et si ce n'est pas lui qui a essayé de tuer le Géant Noir, c'est quelqu'un d'autre qui portait la même médaille. De là à penser qu'il existe une sorte d'organisation mystérieuse ou autre…

— À moins que ce ne soit bien Ibn al-Khaldun et qu'il ait eu une seconde médaille.

— Ma foi, conclut M. Volence, c'est une éventualité à laquelle il faut penser. Peut-être mon ami Coggins pourra-t-il nous éclairer, quand nous arriverons à Haribwan.

6
HARIBWAN

Il fait presque nuit quand le train atteint la gare de Haribwan. En prenant sa valise dans le filet, Alec se sent gagné par une vive surexcitation. Haribwan ! C'est là qu'allait réellement commencer leur recherche de Black. C'est le dernier poste avancé vers le nord-est et le désert dans lequel il n'y a plus trace de civilisation. Quand ils quitteraient cette petite bourgade d'Arabie, il n'y aurait plus ni hôtels, ni restaurants, ni marchands de quoi que ce soit. Ils seraient totalement livrés à eux-mêmes.

Les voyageurs descendent du train et les trois amis les suivent. Sur le quai, parmi les piétinements des passants et d'une multitude de chameaux et d'ânes chargés de produits des fermes, les voix discordantes des vendeurs crient pour offrir leurs marchandises. L'air est chargé de senteurs multiples auxquelles l'odorat d'Alec n'est pas encore accoutumé.

— Hé ! Bruce, crie M. Volence en apercevant son ami Coggins, je suis content de vous voir !

Un homme de haute taille, avec des cheveux blancs clairsemés et qui porte de grosses lunettes à monture d'écaille, étreint vigoureusement M. Volence.

— Charlie ! Vieux brigand ! fait-il avec enthousiasme. Il y a si longtemps…

L'éleveur présente Henry et Alec, et ils fendent la foule pour gagner la sortie.

— Il y a au moins dix ans que vous habitez ici, n'est-ce pas, Bruce ?

— Oui, treize ou quatorze ans, je crois. En Arabie on perd facilement la notion du temps.

— Coggins que voici, explique M. Volence, a été envoyé par sa compagnie pour faire à Haribwan un travail qui devait durer un mois tout au plus. Et depuis, il y est toujours.

— J'en ai fait une occupation permanente, dit M. Coggins. Ici, tout se développe on ne sait pas trop comment, mais cela pousse tout seul.

— Il le faut ! Je me rappelle la lettre que vous m'avez écrite avant de quitter l'Angleterre. Vous ne paraissiez pas très enchanté à ce moment-là !

— C'était bien mon état d'esprit à l'époque. Mais, continue Coggins d'une voix plus ardente, ces gens, ce pays… Oui, il est difficile d'expliquer ce que je ressens. Cela vous arrivera peut-être aussi. Les gens qui n'y sont jamais venus pensent que l'Arabie est une terre inhospitalière et rebutante, mais au contraire tout y est accueillant et cordial.

— Oui, drôlement accueillant ! maugrée Henry en s'épongeant le front.

Ils parviennent enfin à la voiture de Bruce Coggins, une Ford d'un très vieux modèle, haute sur ses roues.

— Je regrette de n'avoir pas un engin plus moderne, mais cette vieille camarade nous mènera quand même à destination, fait-il en souriant et en tapotant la capote jaunie.

— Je suis étonné que vous ayez encore une voiture, lui dit M. Volence en riant.

— Il y en a quand même quelques-unes par ici. Mais montez, nous partons.

La voiture démarre bruyamment vers les ruelles étroites.

Alec regarde le décor curieux qui défile devant lui. Il y a bien quelques costumes européens, mais la grande majorité des habitants porte la robe flottante du désert.

— Y a-t-il beaucoup d'Européens ici ? demande-t-il.

— Non, très peu. Les indigènes les appellent *Ifrangi*, ou Francs.

Des femmes entièrement voilées parcourent les rues. D'autres examinent furtivement la voiture à travers les stores de bois des fenêtres.

Soudain, ils débouchent sur une place où une multitude de gens se tiennent devant un grand bâtiment de pierre surmonté d'une tour d'une hauteur impressionnante. M. Coggins arrête la Ford.

— Voici la mosquée, dit-il, l'endroit d'adoration des musulmans, avec son minaret en haut duquel vous pouvez voir le muezzin qui appelle les fidèles de Mahomet à la prière.

En effet, sur le mince donjon se tient un homme tout de blanc vêtu dont la voix retentit au-dessus des Arabes immobiles :

— *La ilaha illa Allah… Mohammed rassoul Allah…*

— Ceci, explique M. Coggins, signifie : « Dieu est le seul Dieu et Mahomet est son prophète. » C'est la phrase la plus souvent répétée en Arabie… Les premiers mots qui frappent l'oreille du nouveau-né, et les derniers qui sont prononcés sur sa tombe. Cinq fois par jour, à l'aurore, à midi, dans l'après-midi, au coucher du soleil et au début de la nuit, le même refrain est chanté du haut des minarets dans tous les pays musulmans.

Pendant que se déroule cette scène, les occupants de la voiture demeurent silencieux. La prière terminée, la Ford peut continuer sa route et arrive bientôt à la maison de M. Coggins.

Un grand portail de bois ouvre sur une cour entourée par les bâtiments et dont la vue enchante Alec. Dans le centre, au milieu d'un bosquet d'orangers se trouve une large fontaine dont le jet d'eau s'élève comme une haute aigrette blanche. Au-dessus du second étage de la résidence est édifiée, bordée par un balcon de fer forgé, une terrasse avec des arcades comme celles d'un cloître, dont le toit fait saillie pour protéger du soleil les appartements qui se trouvent au-dessous.

— Joli travail ! murmure Henry à l'oreille de son jeune ami.

M. Coggins les conduit à leurs chambres en les avertissant que le dîner serait servi aussitôt qu'ils seraient prêts.

Alec se lave dans une large cuvette. La lampe à huile qui projette sur le mur des ombres bizarres lui rappelle qu'il est en Orient. Son père et sa mère sont réellement à l'autre bout du monde. Il se rend compte plus que jamais de la tâche hasardeuse qui les attend, lui et ses deux compagnons. Ce dont il a souvent rêvé après le départ de Black est devenu une réalité, mais qui peut présenter pas mal de complications. Car enfin, allaient-ils avoir un guide ? Et, s'ils l'obtenaient, celui-ci serait-il capable de trouver l'endroit où Abou Yakoub ben Ichak a emmené le Géant Noir ?

Il termine rapidement sa toilette et descend le grand escalier. Le bruit des voix l'attire vers une grande salle au milieu de laquelle est dressée une longue table chargée d'un assortiment de fruits. M. Volence et Henry sont en grande conversation avec leur hôte qui se retourne pour accueillir le jeune garçon.

— Mettons-nous à table maintenant, dit-il. Vous devez être affamés !

M. Coggins agite une petite cloche qu'il prend sur la table. Presque aussitôt, un jeune Arabe à la peau très brune, à peu près de l'âge d'Alec, entre dans la pièce, portant un plat fumant. Il le place devant son maître et se tient debout derrière lui.

— C'est mon petit serviteur, explique M. Coggins en se retournant vers lui. Raja, voici mes bons amis, M. Volence, M. Dailey et Alec Ramsay.

Raja s'incline profondément.

— *How do you do ?* dit-il lentement en appuyant sur les mots. C'est un grand plaisir pour nous de vous recevoir.

Il salue de nouveau et se retire d'un pas souple et gracieux.

— Il parle bien l'anglais, remarque M. Volence. Y a-t-il longtemps qu'il est chez vous, Bruce ?

— Oui, très longtemps. Peu après mon installation ici, un commerçant de mes amis, qui passait la plus grande partie de son temps dans le désert, est venu me demander si je voudrais m'occuper de Raja en son absence. Le petit avait à peu près trois ans à cette époque, et il l'aimait comme son fils, bien qu'il n'en fût pas le père. J'ai cru comprendre que, lors d'un de ses voyages dans le désert, mon ami avait trouvé le bébé abandonné dans une petite oasis. Quelqu'un l'avait certainement déposé là pour le laisser mourir, mais heureusement il fut découvert à temps. Mon ami l'a alors ramené à Haribwan.

— Mais ce commerçant, votre ami, revient-il souvent ?

— Non, hélas ! Il n'est jamais revenu de sa dernière tournée. Il y a bien neuf ans de cela. Une partie de sa caravane est rentrée. Elle avait été attaquée par des pillards et les rares survivants ont eu de la chance.

— C'est une histoire bien désolante, fait M. Volence. Vous n'avez jamais eu aucun renseignement au sujet de cet enfant ?

— Aucun. Ses petits vêtements étaient bien tissés, et de bonne qualité. Ce qui prouve que ses parents devaient être riches.

M. Coggins se tait un instant, passe un plat de viande séchée à Henry, et reprend :

— Raja est heureux ici. J'en suis sûr. J'ai été son tuteur et il a montré de grandes dispositions pour ses études. Je ne lui ai pas caché la vérité sur ce qui lui était arrivé, et, bien qu'il n'y ait aucun moyen de savoir quoi que ce soit sur ses vrais parents, il lui arrive malgré tout bien souvent de penser à eux.

Henry boit un grand verre de jus de fruits, puis demande :

— Ces pillards du désert, dont vous parliez, sont-ils toujours aussi actifs ?

— Malheureusement oui, et j'ai bien peur qu'ils ne cessent jamais de l'être. Il faut d'ailleurs que vous sachiez à quoi vous en tenir sur leur compte.

M. Coggins repousse le plat et ôte ses lunettes.

— Les Arabes primitifs, continue-t-il, étaient les Bédouins qui s'intitulent eux-mêmes le « Peuple du chameau ». Dans les terres fertiles du Nord, de l'Ouest et du Sud, des empires se sont créés, puis ont disparu. Mais dans l'Est, dans les solitudes stériles du Roba al-Kali – que vous appelez le Grand Désert central – le Bédouin est demeuré toujours le même. Ce n'est pas absolument un vagabond qui part à l'aventure pour le plaisir d'errer. Partout où il va, c'est pour rechercher d'abord les pâturages pour ses moutons et l'élevage de ses chevaux, et aussi pour chasser. Mais c'est aussi pour piller, car, si étrange que cela puisse paraître, le pillage est l'une des occupations viriles naturelles chez les Bédouins. Un vieux poète arabe a écrit jadis : « Notre travail est d'effectuer des expéditions de pillage sur nos ennemis, nos voisins, et même sur notre propre frère, si nous ne trouvons personne d'autre à piller que lui. »

— Curieuse mentalité ! fait Henry.

— Le Bédouin, avec son cheval et son chameau, exerce une autorité suprême dans le désert. Sa ténacité et son endurance lui ont permis de survivre où tout autre aurait péri. Oui, il vit encore comme ses ancêtres, sous des tentes de peaux de chèvre ou de poils de chameau, et fait paître ses moutons et ses chèvres sur les anciens pâturages. Le nomade du désert est un paquet de nerfs et de muscles, et il se nourrit surtout de dattes et de lait.

— Il ne consomme aucun véritable aliment solide ?

— Si. Parfois de la viande de chameau. Le Bédouin considère cet animal comme un don spécial d'Allah. Il se couvre avec sa peau, fait sa tente avec ses poils et utilise même sa fiente comme combustible. C'est son compagnon constant, son moyen de transport, sa santé et son sang.

— Mais son cheval ? intervient Alec. Je croyais que c'était son bien le plus précieux.

— En effet, reprend M. Coggins en souriant. Mais c'est un animal de luxe dont la nourriture et les soins constituent pour l'homme du désert un véritable problème. Sa possession est un signe de richesse. Et, puisque je sais que ce sujet vous intéresse au plus haut point, il faut que je vous en touche quelques mots. Le cheval est une importation assez récente en Arabie, mais il a pu garder son sang pur de tout croisement. Comme nous le savons, le pur-sang arabe est réputé dans le monde entier pour sa beauté physique, sa résistance, son intelligence et sa fidélité à son maître. Le pur-sang arabe est à l'origine de toutes les conceptions occidentales sur l'élevage des chevaux.

Alec, se rappelant la grande taille et l'étonnante vitesse de Black, dit alors :

— Vous venez de dire que le Bédouin désire garder la lignée de ses chevaux pure et exempte de tout élément étranger. Pourtant le cheval que nous cherchons n'est pas un pur-sang arabe. À votre connaissance, n'est-il pas possible qu'un

Bédouin ait pu opérer des croisements pour créer des chevaux qui auraient la résistance et le cœur de l'arabe, avec la vitesse et la puissance d'une autre race ?

— Tout à fait possible, Alec. Les Bédouins sont passés maîtres dans ce genre d'élevage. Il est tout à fait naturel que quelques-uns d'entre eux aient essayé d'obtenir des chevaux parfaits, puisque la principale valeur de la monture du Bédouin réside dans la vitesse indispensable qu'elle doit fournir.

Alec remarque soudain que Raja est revenu dans la pièce et se tient silencieux derrière M. Volence. Il a suivi toute la conversation et sa physionomie est grave.

— Est-ce que les Bédouins sont des gens sans pitié ? demande l'éleveur américain.

— Non, à moins qu'ils ne l'estiment absolument nécessaire. En cas de razzias, ils ne font couler le sang que lorsqu'il leur est impossible d'agir autrement. Mais les causes les plus fréquentes de ce genre d'expéditions sont l'éternelle lutte pour l'eau et les bons pâturages.

— Hum..., grommelle Henry soudain mal à l'aise. Nous pourrons nous estimer heureux si nous en revenons entiers !

— Ne croyez pas cela. Vous avez les plus grandes chances que tout se passe bien. J'espère que je ne vous ai pas donné l'impression que les Bédouins sont inhospitaliers, parce que c'est tout le contraire. Si terribles soient-ils envers leurs ennemis, ils sont loyaux et généreux et ne badinent pas avec les lois de l'amitié. L'hospitalité est l'une de leurs plus remarquables vertus et ils la considèrent comme un devoir sacré. Jamais un Bédouin ne refusera l'hospitalité et ne fera de mal à son hôte. Ce serait une grave atteinte à l'honneur et un péché devant Dieu. De plus, faire de lui votre ennemi serait risquer tous les dangers car, selon la loi du désert, *le sang appelle le sang et la mort appelle la mort.* Une haine de sang entre tribus du désert peut durer très longtemps.

M. Coggins regarde sa montre, puis se tourne vers Raja qui lui fait un signe affirmatif. Il dit alors à ses amis :

— Il y a un Bédouin qui attend dans le hall d'entrée et demande si vous pouvez le recevoir. Il pourrait être pour vous un guide utile. Cependant, avant que nous le voyions, je dois vous conter brièvement son histoire. Il est important que vous soyez au courant avant de l'engager.

M. Coggins toussote pour s'éclaircir la voix et continue :

— Cet homme, arrivé à Haribwan depuis quelques semaines seulement, a été rejeté par sa tribu. Il a commis un crime quelconque dans son clan et a pu s'en tirer vivant, mais est devenu un hors-la-loi, un objet d'exécration. Or, ce destin est pire que tout, car vivre au désert sans la protection d'une tribu, c'est, dans la plupart des cas, être voué à une mort horrible. Ce Bédouin devait disposer cependant de certains moyens, car il a pu arriver jusqu'ici. Sa connaissance du Roba al-Kali est plus grande que celle de tous ceux que j'ai pu rencontrer, et c'est un facteur particulièrement appréciable.

» Sachant que je cherchais un homme pour vous guider à travers le désert, il est venu me voir un soir et m'a offert ses services. Je l'avais déjà vu dans le village et connaissais l'histoire que je viens de vous raconter. Quand je lui ai demandé s'il ne craignait pas pour sa vie au cas où il ferait ce voyage, il n'a rien répondu. Il m'a seulement dit que ses prétentions seraient élevées et a ajouté qu'il était un des rares Bédouins du désert connaissant bien les montagnes, y compris le district de Kharj. Comme je n'ai pas réussi à en trouver un autre qui puisse faire votre affaire, je lui ai dit de revenir ce soir. C'est donc maintenant à vous de voir si ses conditions peuvent vous convenir. Mais réfléchissez bien avant de prendre une décision car, je vous l'ai dit, c'est un réprouvé, un maudit, qui a perdu son affiliation à une tribu et dont la capture serait aussitôt suivie de mort. Pourquoi accepte-t-il de quitter Haribwan et de courir ce gros risque, je l'ignore. Cependant il ne faut pas oublier qu'il est le seul pouvant vous conduire dans le district de Kharj. D'autres guides traverseront bien le désert, mais refuseront de s'aventurer plus loin.

Un long silence s'appesantit sur la pièce. Les visages de M. Volence, de Henry et d'Alec sont impassibles, mais ceux-ci songent aux risques qu'ils ont à prendre. Quant à Raja, il est toujours derrière la table, plus rigide que jamais.

Finalement M. Coggins insiste :

— Votre décision ne peut pas être prise à la légère. Venez avec moi et je vous présenterai ce Bédouin.

7

LA CARAVANE

Le maître de la maison les conduit dans une grande pièce faiblement éclairée par une lampe à huile qui pend du plafond. Une ombre blanche se lève d'un divan bas et s'avance vers eux.

Alec peut alors vaguement distinguer les traits du Bédouin sous le foulard blanc qui lui couvre la tête, et autour duquel est cousue une large bande d'un rouge vif.

À part une profonde cicatrice qui lui laboure le visage, de l'oreille gauche jusque sous le menton, il est semblable à tous les autres Arabes qu'ils ont vus dans le train ; mêmes joues osseuses, mêmes larges mâchoires, même nez, et, comme eux, il est de taille moyenne.

À la vue de cet homme, les pensées d'Alec se portent vers Abou Yakoub ben Ichak, puis vers Raja. Il est étrange que l'un et l'autre soient si différents de tous ces Arabes qu'ils ont rencontrés. Ibn al-Khaldun lui-même ne leur ressemble en rien. Abou Yakoub ben Ichak et Raja sont de haute taille, avec des pommettes saillantes.

— Il ne parle pas l'anglais, dit Bruce Coggins, aussi vais-je vous servir d'interprète. Quelles sont les principales choses que vous désirez savoir ?

— Voyez donc s'il ne peut pas nous donner un renseignement au sujet d'Abou Yakoub ben Ichak. S'il sait où il habite et s'il pourrait nous conduire vers lui.

— Et aussi, ajoute Alec, s'il n'a pas entendu parler d'un Arabe nommé Ibn al-Khaldun.

— N'oubliez pas non plus de demander combien cela coûtera et quelle garantie il peut nous donner de ne pas nous laisser tomber au milieu du désert.

M. Coggins sourit à cette remarque, puis, se tournant vers l'homme, converse longuement avec lui.

— Il a entendu parler d'Abou Yakoub ben Ichak, explique-t-il, mais ne sait rien d'Ibn al-Khaldun. Abou Yakoub ben Ichak habite dans le secteur le plus montagneux du district de Kharj, mais si beaucoup de gens le connaissent de nom, il en est peu qui l'aient vu ou connaissent sa résidence.

— Essaiera-t-il de le trouver quand même ? demande Alec.

— Oui, mais ses prétentions seront plus élevées. Il dit que les risques sont grands et que la compensation doit être en rapport. Il demande dix mille dollars.

— Une sacrée somme, murmure M. Volence. Beaucoup plus que je ne m'attendais à payer. Est-ce que ce prix comprend les frais de la caravane et de toutes les fournitures ?

Bruce Coggins interroge de nouveau l'Arabe.

— Oui, ce sera tout compris. Évidemment il demande un prix exorbitant, mais il faut tenir compte qu'il est le seul à pouvoir vous rendre le service que vous désirez. Il le sait bien aussi, d'ailleurs, soyez tranquilles.

M. Volence observe le silence un instant, puis reprend :

— Quelle garantie de sécurité peut-il nous donner ?

— Rien que sa parole. Mais jusqu'ici je n'ai jamais eu à regretter d'avoir eu confiance dans la parole d'un Bédouin.

— Même d'un réprouvé comme lui ?

— Oui. Il peut voler et tuer, mais sa parole reste valable. Mais, mon cher Charlie, ce Bédouin dit qu'il n'a besoin maintenant que de la moitié de la somme demandée. Avec cela il fournira les chameaux et les vivres, et engagera les sommes nécessaires pour le voyage. Vous lui réglerez le solde dès le retour. Il ajoute qu'il ne peut pas vous assurer de trouver Abou Yakoub ben Ichak, mais qu'il fouillera la montagne jusqu'à ce que vous lui disiez de revenir.

Alec regarde M. Volence, attendant sa décision. Estime-t-il que cela vaut la forte somme que cet homme demande ? Il préfère peut-être engager un autre guide pour la traversée du désert. Mais ensuite ? Ils ne pourraient pas chercher seuls Abou Yakoub ben Ichak ; et les chances de trouver un autre guide sont si minces que M. Coggins dit que ce serait du temps perdu. Enfin, l'éleveur est déjà venu de si loin qu'il ne reculera probablement pas devant cette dernière dépense. Il a déjà joué de très grosses parties durant sa vie et misera sans doute sur sa chance de trouver le cheik du Kharj sans s'émouvoir de la rémunération élevée qu'exige ce guide.

Tout en attendant la réponse, Alec aperçoit la silhouette de Raja et le regarde avec intérêt. Il a envie de le connaître mieux, d'être son ami. Celui-ci pourrait lui dire tant de choses sur la vie en Arabie, les livres qu'il lit, les écoles qu'il fréquente, et aussi sur les chevaux. Alec, de son côté, lui parlerait des États-Unis, de sa maison, de son cheval.

M. Volence rompt enfin le silence.

— Bruce, dites-lui que j'accepte son prix, fait-il tranquillement.

Quand M. Coggins a traduit sa réponse à l'Arabe, l'éleveur reprend :

— Au fait, demandez-lui donc s'il connaît cette sorte de médaille.

Le maître de la maison prend le petit disque d'ivoire et l'examine soigneusement avant de le tendre au Bédouin. Celui-ci, vers lequel convergent tous les regards, le prend et le regarde sans rien dire. Il demeure ainsi plusieurs minutes et Alec croit voir les longs doigts se crisper sur la médaille. Mais il la rend en secouant négativement la tête et part après avoir assuré que tout serait prêt pour le départ dans deux jours.

Quand la porte s'est refermée sur lui, M. Coggins demande :

— Où avez-vous trouvé cette breloque d'ivoire ?

L'éleveur lui raconte toute l'histoire, puis ajoute :

— Ne croyez-vous pas, Bruce, que cela pourrait représenter le phénix ?

— Que cela pourrait-il signifier ?

— Je ne sais vraiment pas. Pourtant, il y a quelques semaines, j'ai entendu parler d'un vieil Arabe qui est revenu avec une caravane et qui a fait une vague allusion au phénix. Et pourtant non, je ne vois pas le rapport que cela pourrait avoir avec cette figurine.

Le jour suivant est consacré à l'achat de vêtements pour le voyage.

— C'est uniquement ce dont vous avez à vous occuper, a dit Coggins. Le Bédouin se charge de tout le reste.

Quand ils reviennent, après avoir fait leurs emplettes, Alec se précipite dans sa chambre. Il revêt la robe blanche flottante, fixe le foulard sur sa tête, puis va contempler son image dans un large miroir. La coiffure, attachée autour du front par une cordelette noire, cache ses cheveux roux et, par-derrière, lui couvre la nuque. Une longue gandoura blanche, serrée à la taille par une ceinture de même couleur, lui descend jusqu'aux chevilles, et une sorte de burnous, également blanc, repose sur ses épaules. Les chaussures américaines sont remplacées par des sandales bédouines. Avec son visage criblé de taches de rousseur et déjà hâlé par le chaud soleil d'Arabie, on aurait pu le prendre pour un jeune Bédouin à condition de ne pas trop l'approcher, car son nez un peu retroussé et ses yeux très bleus auraient détrompé l'observateur.

Dans l'après-midi, il descend à la bibliothèque où ses amis sont réunis. Sitôt que M. Coggins voit entrer Alec, il se lève et lui tend un pistolet en disant :

— Je viens d'expliquer à mon ami Charlie qu'il est nécessaire que chacun de vous en porte un sur lui. Le Bédouin, certes, vous fournira des armes, mais il vaut mieux que vous ayez votre propre automatique.

— Sauriez-vous vous en servir, Alec ? demande M. Volence en lui lançant un petit coup d'œil sceptique.

— Mais bien sûr, monsieur Volence. Le meilleur ami de mon père est agent de police à New York et il nous a emmenés bien souvent à son stand de tir. Il a reconnu lui-même que j'étais un assez bon tireur.

— Alors, c'est parfait, reprend M. Coggins. Ah ! autre chose. Comme je vous l'ai dit, ce Bédouin n'entend pas un mot d'anglais, pas plus probablement que les chameliers qu'il a engagés pour le voyage. Et aucun de vous ne parle l'arabe.

— J'y ai bien pensé, Bruce. C'est assez ennuyeux. Ne pouvez-vous dire à ce Bédouin de chercher un homme qui puisse nous servir d'interprète ?

— J'ai hésité à le faire, parce qu'il a besoin de gens connaissant à fond le travail qu'il attend d'eux, et il y a peu de chances qu'un homme qui connaîtrait l'anglais puisse avoir pour le désert toutes les capacités nécessaires. Quant à moi, j'aurais l'esprit plus tranquille si j'étais certain que vous puissiez avoir avec vous quelqu'un de confiance. Il me semble que le mieux serait que Raja vous accompagne.

Les yeux d'Alec brillent. Il serait si content d'avoir un camarade de son âge !

— Oh ! ça, s'écrie-t-il, c'est une fameuse idée !

— Certes, approuve M. Volence. Mais ne va-t-il pas vous manquer ?

— Je m'arrangerai pour me passer de lui pendant quelque temps. Et puis, cela lui fera du bien de prendre un peu l'air. Il n'est jamais sorti de Haribwan et je suis certain qu'il sera ravi de partir avec vous. C'est un Bédouin. On ne connaît pas ses origines, mais le désert compte malgré tout dans son existence. Je l'ai trouvé souvent en train de regarder vers le Roba al-Khali et il ne manque jamais d'assister à l'arrivée des caravanes.

— Parfait, Bruce. Je ne vous cache pas que je serais très heureux qu'il soit des nôtres.

— Très bien. Nous allons le lui annoncer.

La porte s'ouvre et Raja entre. Il est nu-tête et ses lourds cheveux noirs sont soigneusement tirés en arrière.

— Raja, lui dit son maître, tu sais que nos amis partent demain pour la traversée du désert. Nous avons pensé que cela t'amuserait peut-être d'aller avec eux.

Le jeune Bédouin demeure un instant silencieux, mais ses yeux larges et doux expriment nettement la joie que lui cause cette nouvelle.

— Je vous remercie, fait-il lentement. Oh ! je vous remercie beaucoup !

Comme une longue caravane se forme dans les alentours de Haribwan, celle qu'a organisée le guide et qui ne se compose que de dix chameaux a obtenu de se joindre à elle. Quand l'ensemble arriverait vers le milieu du désert, la longue file continuerait vers un port du golfe Persique, tandis que le groupe de M. Volence et de ses amis obliquerait vers le sud, puis vers l'est.

L'aurore se lève sur le désert quand ils arrivent, amenés par M. Coggins. Il fait froid, et Alec serre contre lui son burnous de poil de chameau. Les lourds bagages sont déjà fixés sur les bâts des animaux qui, baraqués, c'est-à-dire agenouillés, ruminent paisiblement.

— Mazette, il y en a des quantités ! s'exclame Henry.

— Le Bédouin m'a prévenu qu'il se joindrait à une caravane de cinq cents chameaux, dit Bruce Coggins. C'est une des plus grandes, et aussi une garantie, car vous ne risquerez aucun ennui tant que vous serez à sa suite.

Ils se faufilent parmi la horde des animaux et de leurs chameliers. Les Bédouins se tiennent par groupes d'une centaine d'individus environ. Puis, à l'arrière de la longue file, ils trouvent leur guide qui les salue et donne quelques explications.

— Il dit que tout est prêt et que nous allons bientôt partir, traduit Raja.

Alec croit rêver en voyant M. Volence et Henry dans leurs robes blanches, lui qui a l'habitude de les voir en costumes européens, coiffés de leurs éternels chapeaux de feutre. C'est un vrai déguisement ! Puis, baissant les yeux, il voit aussi sa propre gandoura et ses sandales couleur de miel. Mais son sourire jaunit légèrement quand la main qu'il vient d'enfoncer dans sa poche sent le froid du pistolet que lui a remis M. Coggins.

Un cri rauque s'élève à l'avant et est répété tout le long de la file qui semble interminable. Les groupes se dispersent et chacun court vers le chameau qui lui a été désigné par le chef de la caravane.

— Je ne vous reverrai sans doute pas avant des mois, leur dit Bruce Coggins. Bon voyage. Et toi, Raja, amuse-toi bien, mon garçon, et apporte toute l'aide possible à nos amis.

Alec se dirige vers le chameau qu'il doit monter et qui est toujours baraqué sur le sable. L'un des hommes engagés par le guide lui tient la tête. Il fait signe au jeune garçon de se mettre en selle. Celui-ci enjambe le dos de l'animal et s'assoit sur l'épais carré d'étoffe couvrant l'unique bosse. Il y a aussi un dossier de cuir, auquel il s'appuie.

Comme il n'y a pas d'étriers, il se contente de serrer les genoux contre les flancs de sa monture. Se retournant alors, il voit que ses amis aussi sont en selle et que les Bédouins n'attendent plus que le signal du départ.

Un nouveau cri retentit et les chameaux de tête se lèvent. Raja, qui est sur le premier de leur groupe, tourne la tête pour regarder Alec en souriant.

Le jeune garçon, rejeté soudain en arrière, se cramponne à la bosse, puis une nouvelle embardée le ramène en avant et le chameau est sur ses pieds. Le Bédouin a un petit rire amusé et tend à Alec une corde qui est attachée au licol de cuir, puis lui fait comprendre par gestes qu'il n'aura qu'à suivre les autres.

Le soleil s'est levé sur l'immense désert et ses rayons sont déjà chauds. Le guide bédouin dont le chameau est devant celui de Raja regarde avec impatience l'avant de la longue caravane. Il tient manifestement à partir pendant qu'il fait encore relativement frais. Derrière Alec se trouve M. Volence. Ensuite viennent Henry et le reste de la petite unité consistant en deux Bédouins et cinq chameaux dont trois lourdement chargés de provisions et de bagages.

Les animaux de tête démarrent enfin. Le guide regarde ses hommes et lève le bras. Raja se balance soudain d'avant en arrière. Alec examine alors la longue cravache qu'il a à la main en se demandant si vraiment il aurait besoin de s'en servir. Enfin, il ressent une secousse et sa monture commence à cheminer lentement pour suivre les autres. C'est une marche au pas, mais comme l'une des particularités du chameau est qu'il lève les deux pattes du même côté en même temps, elle n'a rien de très confortable. Enfin notre jeune voyageur se cale sur sa selle du mieux qu'il peut pour s'accoutumer au balancement de sa monture.

La file des chameaux et des Bédouins se déroule sur une longue distance. Haribwan s'éloigne lentement. Combien de temps durerait ce voyage et quand seraient-ils de retour ? Qu'est-ce qui les attend, là-bas, devant eux ? Telles sont les questions que se pose Alec tandis que ses mains serrent la corde et la cravache. La phase importante et finale de leur recherche de Black vient de commencer.

Le soleil monte plus haut dans le ciel et Alec doit enlever son burnous qui lui tient trop chaud.

8

LES VAISSEAUX DU DÉSERT

La caravane, poursuivant sa route d'un pas tranquille et monotone durant la matinée, s'arrête pendant la forte chaleur de l'après-midi pour permettre aux hommes d'absorber une légère collation de dattes et de lait de chèvre.

— Nous atteindrons la première oasis avant la tombée de la nuit, leur a dit Raja.

Le soleil les brûle impitoyablement sur l'interminable sable blanc. La marche continue sous un ciel sans nuages. Leurs visages brunissent sous les rayons ardents qui leur font venir des cloques sur la peau. Leurs yeux ne sont plus que de minces fentes et ils les gardent le plus souvent fermés. Les voyageurs parlent rarement entre eux dans la journée. Seule la fraîcheur de la nuit arrive à les arracher à la sorte de torpeur causée par la réverbération du tapis sablonneux. Par moments, ils peuvent apercevoir de minces formes bondissantes qui laissent un nuage derrière elles.

— *Ghazla*... Les gazelles ! crie Raja à Alec en les désignant du doigt. Elles se rendent rapidement d'une oasis à l'autre.

Les heures s'écoulent, toujours pareilles, les pieds des chameaux foulant le sable chaud sans fatigue apparente, mais contraignant sans cesse au balancement rythmique les voyageurs qui n'en peuvent plus.

Le soleil est descendu sur l'ouest quand Raja, étendant le bras, désigne un point devant lui.

— *Waha*, crie-t-il, l'oasis !

Bientôt les cimes de palmiers-dattiers apparaissent au-dessus de l'horizon. La marche de la caravane se fait un peu plus rapide. Alec se retourne en souriant vers M. Volence et Henry. Après une journée aussi fatigante, ils dormiraient certainement bien, cette nuit-là !

Les journées qui suivent ne sont que la répétition de la première. Mais au soir du sixième jour, quand ils ont pris un repas de viande de cheval et de dattes, arrosé par une boisson de dattes fermentées, Raja leur annonce :

— Notre guide vient de me dire que nous nous séparerons demain matin de la grande caravane. Nous allons nous diriger maintenant vers le sud.

Le visage de M. Volence devient grave. Ils ne vont plus avoir la protection de la longue file, ni la sécurité qu'elle leur offrait.

— Combien de temps nous faudra-t-il encore ? demande Alec au jeune Arabe.

— Sept jours seulement. Nous allons pouvoir marcher beaucoup plus vite maintenant.

— Seulement sept jours, dis-tu ! Une semaine entière, ronchonne Henry.

— Bah ! fait aimablement Raja, peut-être les prochains jours seront-ils moins désagréables.

M. Volence et Henry se retirent sous leur tente. Raja s'occupe de son chameau qui a boité pendant la plus grande partie de la journée. Le soleil a disparu et ne laisse plus voir au loin qu'un dernier rayon rouge. Alec aperçoit alors leur Bédouin, assis à l'écart, qui regarde dans la direction du sud. Il est toujours seul, car même les hommes qu'il a engagés ne restent pas avec lui quand le travail de la journée est terminé. Ce Bédouin sans tribu, ce réprouvé, quelles étranges pensées doivent être les siennes ! N'a-t-il rien à redouter pour sa vie ? Le jeune garçon le suppose, mais aucun sentiment de crainte ne peut se lire sur le visage impassible du guide.

Le rayon rouge de l'ouest n'est bientôt plus qu'une lueur qui s'éteint enfin. Un vent froid balaie le désert. Alec serre son burnous contre lui, puis va retrouver Raja penché sur son chameau.

— Comment va-t-il, Raja ?

— Mieux. Il avait une épine que je lui ai enlevée. Il ira bien demain.

Alec regarde alors l'animal qui mâchonne des gâteaux de dattes écrasées, sa nourriture quotidienne au désert. Il n'est pas beau, mais paraît sympathique, amical même. Ses narines sensitives sont obliques, ce qui lui permet de les fermer à volonté pour éviter l'entrée du sable et de la poussière. Ses yeux bruns sont protégés par de longues paupières. Le jeune garçon songe que la nature l'a bien pourvu de tous les moyens d'être le *vaisseau du désert.* Et c'est exact, car sans lui le désert aurait été inabordable. Pourtant, même avec le chameau, ce n'est pas un endroit où l'existence est facile !

— Raja, combien de temps un chameau peut-il rester sans eau ? demande-t-il comme ils reviennent vers leur tente.

— De trois à six jours, Alec.

C'est la première fois qu'il l'appelle par son prénom et le petit Américain en est tout joyeux, car il sent que Raja, replié sur lui-même depuis le début du voyage, est finalement devenu un ami dans toute l'acception du terme.

— Mais comment fait-il ? Il finit par avoir soif ?

— Bien sûr. Sur la paroi interne de son estomac, il a des sortes de poches, des réservoirs pour sa provision d'eau. Il ne l'en fait sortir que lorsque c'est nécessaire.

En arrivant à la tente, Alec se rend compte qu'il est vraiment fatigué. Une bise froide lui souffle sur la figure, mais il la sent à peine tant il a les traits brûlés par le soleil.

— Je vais me coucher, dit-il. Je n'en peux plus.

— Moi aussi ! ajoute Raja en souriant, car demain il y aura beaucoup à faire, puisque nous serons seuls !

*

* *

Le matin suivant, frissonnants dans le froid de l'aurore, ils regardent la tête de la caravane quitter l'oasis pour se diriger vers le nord-est. Alec, juché sur sa monture, attend que le guide donne le signal du départ. Jetant un coup d'œil en arrière, il voit que M. Volence et Henry sont aussi en selle.

Le Bédouin passe devant Alec sans le regarder. Son visage est contracté et la longue cicatrice raie de rouge sa peau presque noire. Il s'arrête devant Raja, lui dit quelques mots et regarde en arrière avec un sourire amer, puis lève la main et sa cravache tombe sur le flanc de son chameau.

Profitant que le soleil n'est pas encore levé, il conduit le petit groupe vers le sud. La grande caravane est bientôt hors de vue. Alec, bien calé sur son coussin d'étoffe, se réjouit du pas accéléré et de la plus grande liberté de mouvements de leur unité restreinte.

L'aurore apparaît dans l'est et bientôt le soleil enverra ses rayons brûlants, mais il ne les redoute plus comme les jours précédents. Sans doute commence-t-il à s'habituer à la vie du désert.

Le Bédouin fait ralentir le pas au début de l'après-midi. Les voyageurs ne s'accordent qu'une courte halte pour absorber un repas léger et repartent. La nuit tombée, ils campent sur le sable même.

— Demain, quand le soleil se lèvera, nous arriverons à une autre oasis, explique Raja après avoir parlé au guide.

Les jours passent sans incidents. Le Bédouin marche toujours en avant, s'arrêtant seulement quand ses yeux perçants découvrent des traces fraîches de chameaux sur le sable. Il descend alors de sa monture, et les étudie minutieusement. Habituellement, après les avoir examinées, il reprend directement sa route. Deux fois, cependant, il fait faire demi-tour et le groupe revient vers le nord pendant des heures, tandis que le guide garde les yeux fixés sur l'horizon. Chaque fois qu'il aperçoit un nuage de sable, il fait arrêter la caravane jusqu'à ce qu'il soit certain qu'il a été levé par des autruches ou des gazelles. La nuit, ses hommes et lui restent en éveil, tendant l'oreille au moindre bruit inquiétant.

Dans l'après-midi du quatrième jour, le guide lève la main et le petit groupe fait halte. Alec regarde dans toutes les directions mais ne peut rien apercevoir. Le Bédouin a mis pied à terre. Il fait quelques pas dans le sable, puis tombe sur les genoux. Au bout d'un court instant, il se relève et ses yeux se tournent vers l'est. Quand il revient, le visage préoccupé, il remonte sur son chameau et donne l'ordre de repartir d'un pas moins rapide.

Ils arrivent bientôt à un oued assez profond dans lequel ils ne risquent pas d'être vus de loin. Le Bédouin fait aussitôt dresser le camp. Alec en est surpris, car le soleil est encore assez haut et ils auraient pu continuer à marcher pendant plus d'une heure.

Après avoir installé les tentes et fait coucher les chameaux, nos voyageurs sont prêts pour le dîner. Le guide, qui est monté sur une des berges de l'oued, appelle Raja et lui parle.

Le jeune Arabe lui répond par un signe de tête approbateur, puis, revenant vers M. Volence, explique :

— Le guide dit qu'il ne faut pas allumer de feu cette nuit. Nous devrons nous contenter d'un repas froid.

— Il se passe donc quelque chose ? demande Henry.

Raja secoue la tête.

— Le guide ne m'en a rien dit, mais j'ai l'impression qu'il redoute un danger.

Ils dînent en silence, moins heureux que la nuit précédente qui a été passée dans une oasis où l'on avait trouvé de l'eau fraîche et des fruits.

Alec remarque les Arabes qui sont toujours à l'écart du guide. Ils mangent à peine, regardant tout autour de l'oued, puis vers le ciel qui s'est étrangement assombri du côté du sud.

— Peut-être y a-t-il une tempête qui se prépare, dit alors Alec.

— Je crois que ce n'est pas cela qui les inquiète le plus, répond M. Volence. Enfin, nous devrions essayer de dormir un peu, puisque nous ne pouvons rien faire d'autre.

Épuisés par la dure journée, tous s'endorment profondément. Alec est le premier à se réveiller. Le toit de sa tente s'agite et le vent souffle dans la porte de toile.

— Une tempête ! s'écrie-t-il.

Il fait un effort pour se lever, car il tient à s'assurer que les piquets des tentes sont toujours bien plantés. Puis il fait lever aussi ses amis qui se vêtent rapidement et sortent. Au-dehors, la houle du grand vent et les grains de sable qu'il soulève leur picotent le visage.

— J'ai bien peur que cela ne devienne pire ! gémit Henry en montrant du doigt les nuages noirs du sud d'où vient le vent.

Du côté de l'est, où le ciel commence à pâlir, il y a quelques étoiles. L'aurore n'est pas loin. Les chameaux se sont relevés et s'agitent en tirant sur les cordes des pieux auxquels ils sont attachés.

Les deux Bédouins abattent rapidement leur tente.

— Nous devrions en faire autant, s'écrie Alec.

Il jette un regard autour de lui, cherchant le guide, mais celui-ci est invisible et sa tente toujours dressée.

— Raja, appelle-t-il, va donc voir le Bédouin. Il doit être encore endormi.

Il est étonnant, en effet, que le guide ne soit pas levé, lui qui, à l'ordinaire, prend la dernière garde avant l'aurore.

Le vent souffle plus fort tandis qu'ils replient les tentes et les attachent sur les bâts des chameaux. Raja n'est pas de retour et la tente du Bédouin toujours pas démontée. Criant aux autres de le suivre, Alec y court et rencontre le jeune Arabe qui en revient.

— Le guide n'est pas dedans ! crie-t-il.

Les deux autres Bédouins viennent les rejoindre.

— Raja, demande-leur qui a pris la dernière garde, crie Alec.

— Ils disent que c'est le guide. Il devrait être sur l'un des rebords de l'oued.

Le petit groupe part dans le creux de terrain, mais au bout d'une trentaine de mètres, Henry bute contre quelque chose et tombe. Le jeune garçon, en l'aidant à se remettre sur ses pieds, aperçoit une forme ensanglantée.

— Regardez ! s'écria-t-il.

Des mains nerveuses retirent un corps en robe blanche de la couche de sable qui le recouvre à moitié. C'est bien le Bédouin, ou plutôt son cadavre rigide et froid. Un poignard à manche d'argent est profondément enfoncé dans sa poitrine.

La vitesse du vent augmente sans cesse dans le repli de terrain et le sable frappe douloureusement le visage. Ils se rendent compte alors de la gravité de la situation : sans guide, dans la tempête de sable qui s'intensifie ! Les Bédouins sont terrorisés et ne manquent pas de raisons de l'être, car ils ont accepté de leur plein gré de servir un réprouvé, et la mort qui s'est abattue sur lui peut frapper encore. Le guide a payé pour son crime, et ceux qui n'ont pas refusé de le servir risquent le même châtiment.

Le sable tourbillonne avec une violence extrême.

— Laissons-le là et allons nous mettre à couvert ! crie M. Volence.

Ils peuvent à peine voir devant eux en revenant vers les chameaux, et les quatre voyageurs se cramponnent les uns aux autres. Les deux Bédouins ont disparu dans un nuage de sable et de poussière. Enfin, M. Volence et ses amis parviennent à l'un de leurs chameaux qui est couché.

— Abritons-nous derrière lui, conseille Raja, et enroulons nos têtes dans nos foulards.

Ils demeurent longtemps tapis les uns contre les autres. Le sable les recouvre peu à peu, atténuant le bruit de l'ouragan qui gronde toujours.

Le chameau s'ébroue, puis se lève à demi. C'est l'indication que la tempête a cessé. Alec se relève également, secoue le sable qui le recouvre et enlève son foulard. Il voit alors que le ciel est bleu au-dessus de sa tête et que le soleil brille de tout son éclat. De trois monticules de sable à côté de lui émergent M. Volence, Henry et Raja qui se secouent vigoureusement à leur tour.

Mais les Bédouins et les autres animaux ne sont visibles nulle part.

— Où peuvent-ils bien être ? se demande anxieusement M. Volence.

— Probablement enterrés, répond Henry.

— Non, fait Raja. Les chameaux ne se laissent jamais recouvrir par le sable. Les hommes sont partis et les ont emmenés.

— Quoi, partis ? s'écrie Alec.

— Oui… Ils nous ont abandonnés.

— Ce n'est pas possible ! rugit M. Volence. Ils n'auraient pas fait cela ! Ils ne peuvent pas nous abandonner dans un pareil moment. Ils doivent être recouverts par le sable. Vite, essayons de les retrouver avant qu'il ne soit trop tard.

Les voyageurs courent vers l'endroit où les chameaux ont été parqués. Raja, à côté d'Alec, secoue tristement la tête.

— Non, fait-il, M. Volence se trompe. Ils nous ont bien abandonnés. La crainte de partager le sort de notre guide a été plus forte que celle de la tempête. Comme ils ne voulaient pas aller plus loin avec nous, ils sont partis en emmenant les chameaux et les vivres avec eux.

Le jeune Arabe a raison. Leurs recherches sont vaines. Ils ont été laissés seuls, sans vivres, sans eau… voués ainsi à une mort certaine.

9
PERDUS DANS LE DÉSERT

Ils sont là, dans l'oued, silencieux et sombres. Le chameau, à côté d'eux, reste sur ses genoux, attendant que l'on veuille bien disposer de lui.

— Qu'allons-nous faire, maintenant ? demande Henry.

— Ceci demande quelques minutes de réflexion, lui répond M. Volence.

— Regardez, s'écrie Alec. Je viens de trouver dans le sable un bidon d'eau à moitié plein !

— Nous pourrons le faire durer quelque temps en n'en usant qu'avec parcimonie.

— Et… rien d'autre ? reprend Henry.

— Non, dit Raja. Nos provisions étaient empaquetées sur les autres chameaux. Je propose, monsieur, que nous continuions vers le sud-est, car hier nous n'étions plus qu'à trois journées des montagnes.

— Vous avez raison, mais je ne sais pas combien de temps nous pourrons tenir, à pied, sans nourriture et avec si peu d'eau.

— Deux d'entre nous peuvent le monter en même temps, fait Henry en montrant le chameau, et nous alternerons. Cela nous aidera.

— Et puis nous avons des armes, ajoute Alec. Nous pourrons chasser. Il y a des gazelles.

— Enfin, conduisez-nous, Raja, conclut M. Volence. Nous nous en remettons entièrement à vous.

Ils marchent toute la journée, trébuchant dans le sable brûlant. Alec et Henry montent le chameau, alternant avec M. Volence et Raja toutes les heures. Ils ont à peine humecté leurs lèvres avec la maigre provision d'eau, car, quand elle serait épuisée…

Alec cherche constamment à apercevoir un être vivant dans le désert. Gazelles, autruches, Bédouins, peut-être même les assassins de leur guide… mais il ne voit rien ni personne.

Le soleil se couche. Ils poursuivent leur route jusqu'à ce que la lourde nuit du désert s'appesantisse sur eux. Alors, épuisés, ils se couchent à côté du chameau et s'endorment.

Raja les réveille avant l'aurore.

— Venez, leur dit-il. Il vaut mieux partir avant le lever du soleil.

Ils se préparent en silence et se mettent en route, faisant toujours confiance à Raja pour les conduire dans la bonne direction.

Vers la fin de l'après-midi, ils font halte pour se reposer. La faim les tenaille. Leurs visages sont lugubres. Leur poitrine leur donne l'impression d'être resserrée et desséchée. Il leur faut même faire un effort pour parler et ils n'émettent qu'un murmure rauque.

Alec lève ses yeux fatigués et injectés de sang vers le bidon que porte Raja. Il l'agite en l'appuyant contre son oreille, puis, sans boire, le passe à Henry qui l'approche de ses lèvres. Une gorgée… et c'est le tour de M. Volence qui le rend à Alec, lequel en prend à peine, puis le donne à Raja.

— Prends le reste, lui dit-il d'une voix à peine perceptible.

Ils repartent. Pas de nourriture, plus d'eau ! Que faire ? Ils peuvent tuer le chameau et sans doute leur faudrait-il en venir là avant longtemps. Sans cela, ils pourraient peut-être tenir une journée encore. Mais ce terrible manque d'eau ! Alec presse sa main contre sa gorge.

Cette nuit-là, Raja rampe vers lui tandis que les autres sommeillent et le secoue.

— Viens, lui dit-il. J'ai besoin de ton aide.

Il lui présente deux morceaux de corde et explique :

— Nous allons attacher les pieds du chameau.

Alec ne comprend pas pourquoi, mais approuve d'un signe de tête, car sa langue lourde et épaisse ne lui permet plus de poser de questions.

Ils entravent les quatre pattes de l'animal, puis Raja prend sa longue cravache et un morceau de toile imperméable qu'il a arraché à la selle. Il tend l'étoffe à Alec et saisit le licol du chameau. Ensuite, il lui ouvre la bouche et lui enfonce le manche de sa cravache dans le gosier en recommandant à son compagnon de bien tenir la toile au-dessous de lui en lui faisant former un creux.

Le chameau pousse une sorte de mugissement, fait un effort pour vomir et rend l'eau des poches de son estomac. Le précieux liquide est recueilli avec soin. Ils le versent dans le bidon et, sans échanger un mot, retournent s'étendre pour essayer de se rendormir.

Le jour suivant est pire que les précédents. Leurs jambes fatiguées fléchissent sous le poids de leur pauvre corps épuisé et mourant de faim. Le liquide du bidon est tolérable, mais leur estomac réclame de la nourriture plus consistante, et ils regardent le chameau avec des yeux de déments.

— Nous le tuerons cette nuit, fait Raja à l'oreille d'Alec. Il est à bout. Nous avons pris son eau. Il chancelle déjà. Nous n'avons plus que cela à faire.

Alec l'approuve et laisse sa tête retomber sur sa poitrine.

Quand le soleil disparaît au loin et que survient l'obscurité, ils tuent la pauvre bête d'une balle dans la tête et mangent voracement sa chair crue. Satisfaits alors, ils retombent dans un lourd sommeil et ont plus de courage le matin pour repartir.

Les kilomètres se succèdent comme l'aurore se lève dans un ciel infiniment pur. Les yeux d'Alec explorent toujours l'horizon, cherchant à apercevoir les montagnes qui doivent se trouver devant eux. C'est le cinquième jour de leur marche exténuante et ils devraient bientôt arriver si Raja les a emmenés dans la bonne direction. Mais quand la nuit tombe, le sable s'étend toujours à perte de vue !

Deux jours encore, deux longs jours passent. Leurs pieds se traînent lourdement. Le reste d'eau est épuisé. Alec tombe et Raja doit l'aider à se remettre debout.

— Mets un bras sur mon épaule, lui dit-il. Ce n'est pas le moment de s'arrêter !

Un peu plus tard, c'est M. Volence qui fléchit sur les genoux et Henry subit la même défaillance. Alec et Raja reviennent vers eux en trébuchant. Leurs regards sont troubles et leurs langues sortent de leurs lèvres gercées.

— C'est la fin ! se dit Alec.

Son cerveau devient vide, mais il est trop affaibli pour s'en apercevoir. Le soleil se couche et une froide brise d'est traverse le désert. Le jeune garçon tourne son corps dans la direction d'où vient le vent, car la fraîcheur soulage un peu la lourdeur de sa tête, il fait un effort pour ouvrir les yeux, espérant apaiser ainsi le feu qui lui brûle le corps. Sa vision s'éclaircit lentement… jusqu'à ce qu'il puisse bien voir…

Et il aperçoit au-dessus de l'horizon une ombre dentelée. Il cligne plusieurs fois des yeux et regarde encore. La masse sombre est toujours là. Il la voit toujours en tournant la tête vers la droite, puis vers la gauche. Un immense espoir l'envahit soudain. Si cela pouvait être les montagnes !

Alec se retourne et touche l'épaule de Raja. Le jeune Arabe regarde dans la direction indiquée et se redresse. Lentement un sourire s'esquisse sur ses lèvres noircies. Il se penche vers M. Volence et vers Henry et leur murmure à l'oreille :

— Les montagnes. Les montagnes… Demain… Demain… !

La nuit froide descend alors sur eux qui ne cessent de penser à ces mots réconfortants.

*

* *

Le soleil est presque levé lorsque Alec s'éveille. Il tourne la tête et voit ses compagnons qui dorment encore. Une journée, une journée de plus à passer. Il faut pourtant repartir ! Tout à coup, le souvenir de la veille lui revient à la mémoire.

« Les montagnes… Demain… ! »

Demain, c'est ce matin-là. Était-ce un rêve ? Y a-t-il vraiment des montagnes devant eux ou ont-ils été le jouet d'un mirage ? Alec fait un effort pour se mettre sur son séant.

Le soleil n'est pas encore tout à fait au-dessus de l'horizon… ce n'est plus celui où le sable rejoint le ciel comme dans les jours qui ont précédé.

Le ciel s'estompe entre des pics dentelés dont les plus hauts reçoivent déjà le soleil. Ce n'est pas un mirage, une illusion créée par la fatigue dans leurs esprits égarés. Il y a bien des montagnes devant eux. Les montagnes ! Leur destination… de l'eau… de la nourriture !

Un cri s'échappe des lèvres d'Alec réveillant les autres. Il lève vers l'est un bras tremblant…

Enfin, tard dans l'après-midi, ils arrivent aux montagnes. Une puissance inconnue leur a fourni la dernière parcelle de force et d'énergie pour traîner leurs pauvres corps endoloris sur les derniers kilomètres de sable.

À une assez courte distance de l'endroit où le désert se termine, se révèlent les premières pousses d'herbe brûlée par le soleil. Ils aperçoivent alors une petite source qui jaillit des rochers. Ils arrivent jusqu'à elle en titubant et laissent tomber leurs têtes dans ses ondes froides.

Les quatre voyageurs se reposent en cet endroit toute la journée ainsi que celle qui suit. Comme des dattes et d'autres fruits poussent en abondance au pied des montagnes, ils peuvent reprendre des forces. Leurs estomacs se réhabituent à la nourriture bienfaisante. Au matin du second jour, Raja et Alec partent en chasse et rapportent une gazelle que le jeune Bédouin a tuée. Alors qu'ils mangent, leurs esprits reprennent doucement leur équilibre.

— À présent que nous sommes ici, j'ai l'impression que j'étais fait pour cette sorte d'existence, déclare sentencieusement Henry en passant sa main brunie sur ses lèvres.

Alec, de son côté, se sent ragaillardi et prêt à repartir à la recherche de Black. Mais, bien qu'ayant réussi malgré tout à franchir le désert, ils n'ont toujours pas de guide. Où aller, maintenant ? Comment pourraient-ils trouver le domaine d'Abou Yakoub ben Ichak ? Dans quelle direction se trouve le district de Kharj ? Ils ont bien atteint les montagnes, mais sont encore perdus.

— Que croyez-vous que nous puissions faire ? demande le jeune garçon à M. Volence.

— Je crois que le mieux est de nous diriger vers le nord-est en restant tout près de la lisière du désert, dit tranquillement Raja. Il est tout à fait possible que nous découvrions un village dans lequel nous pouvons avoir la chance de trouver un guide qui nous conduise dans le district de Kharj.

— Voilà une bonne idée ! s'écrie Henry avec un enthousiasme que ses amis partagent.

Ils se mettent en route de très bonne heure le matin suivant. Marchant l'un derrière l'autre, ils suivent les contreforts des montagnes en évitant le plus possible la chaleur du soleil. Leurs muscles se sont durcis pendant les jours passés dans le désert et leur rendent plus aisée la marche sur le terrain solide. Les palmiers-dattiers sont nombreux, les sources fréquentes, et ils peuvent à loisir faire halte pour se reposer.

Deux jours passent ainsi sans leur apporter de changement. Mais, le matin du troisième, Raja, qui marche en tête, lève la main pour attirer leur attention.

— *Yaschuf*… Regardez ! crie-t-il en désignant un point du désert, au nord-ouest.

Un nuage de sable s'avance rapidement vers eux. Puis ce qui n'était au début que des ombres prend forme mais ce ne sont ni des gazelles ni des autruches. Quelques instants plus tard, ils se rendent compte que c'est un important groupe de cavaliers.

— Seraient-ce des pillards ? demande M. Volence.

— Peut-être, répond le jeune Bédouin. Ils vont vite.

— Qu'allons-nous faire ? s'inquiète Henry. Attirer leur attention, ou nous cacher jusqu'à ce qu'ils aient disparu ?

— Rappelons-nous les paroles de M. Coggins, dit alors Alec. Le Bédouin est loyal et généreux. L'hospitalité est une de ses suprêmes vertus, et il la considère comme un devoir sacré. Donc le mieux est sans doute de risquer leur rencontre.

— C'est certainement la meilleure solution, conclut M. Volence.

Les cavaliers se rapprochent et déjà on peut entendre le martèlement de leurs sabots. Les quatre amis sont descendus sur la limite du désert et peuvent distinguer les visages des cavaliers. Ils sont une vingtaine dont les coursiers avancent sans effort sur le sable. La main d'Alec agrippe le bras de Henry.

— Oh ! regarde ces chevaux !

Jamais encore le jeune garçon n'en a vu d'aussi superbes. Noirs, bais, alezans galopent la tête haute et leurs robes luisent au soleil. Ils sont maintenant tout près et le regard d'Alec se fixe particulièrement sur l'alezan de tête. C'est un étalon plus puissant que les autres, avec une crinière dorée qui flotte au vent, et trois balzanes blanches.

— Quel animal ! murmure Henry.

— Il est formidable... Plus gros encore que Black !

Les Bédouins les ont vus et leur chef, qui monte cet alezan, fait arrêter la colonne. Son étalon, se révoltant contre le mors qui le ramène au pas, piaffe nerveusement, les yeux larges et brillants, les naseaux rouges et dilatés. Son cavalier se tient immobile et droit sur la selle. Il est grand et fortement charpenté. Son visage s'orne d'une barbe noire et sa peau est très brune, sans une ride. Il a comme Raja les pommettes saillantes et il est difficile de lui donner un âge, mais c'est certainement un homme très jeune. Un léger sourire joue sur sa bouche mince quand il voit le petit groupe. Il leur adresse la parole en arabe, d'une voix très douce.

C'est naturellement Raja qui lui répond, et Alec remarque qu'il y a entre eux une réelle ressemblance : le même front, les mêmes pommettes, les mêmes yeux clairs et la même bouche. Ils parlent un certain temps, et lorsque Alec entend mentionner le nom d'Abou Yakoub ben Ichak, il aperçoit sur le visage du jeune chef un froncement de sourcils menaçant.

— Je vous ai entendus parler d'Abou Yakoub ben Ichak, dit Alec. Peut-il nous conduire vers lui ?

— Non. Il refuse de nous accompagner jusqu'au bout, mais il consent à nous laisser tout près de son domaine pour que nous y entrions seuls.

— C'est bien aimable de sa part, fait Henry en souriant. Quand je les ai vus, j'ai tout de suite compris que c'étaient des hommes loyaux !

— Vous croyez que nous pouvons avoir confiance en eux ? objecte M. Volence avec une certaine note de scepticisme dans la voix.

Raja hausse ses larges épaules.

— Nous sommes ici sur la terre des nomades, monsieur, où l'on ne peut être sûr de personne.

Les sabots de l'étalon claquent d'impatience sur le sol pierreux. Le Bédouin qui le monte est aussi pressé de repartir. Il s'adresse de nouveau à Raja avec une nervosité qu'il n'a pas encore montrée.

— Il ne peut s'arrêter plus longtemps, traduit le jeune Arabe. Si nous voulons aller avec lui, il faut partir tout de suite.

Ils s'avancent aussitôt vers les cavaliers dont quatre sont désignés par leur chef pour les prendre en croupe.

Alec se trouve sur un gris pommelé qui ne paraît pas gêné par son double fardeau. Le Bédouin qui le monte l'a d'ailleurs accueilli en souriant.

La troupe s'éloigne rapidement du désert et les Bédouins, ralentissant leurs chevaux, leur font prendre le trot en pénétrant dans une gorge étroite. Dans le sud-est, du côté où ils se dirigent, les montagnes s'élèvent de plus en plus haut dans le ciel.

Des heures s'écoulent ainsi. Les cavaliers suivent une sorte de piste et semblent bien connaître la région. Ils ralentissent seulement dans les descentes trop abruptes pour épargner leurs montures.

Dans l'après-midi, ils arrivent sur un large plateau où ils font halte pour laisser reposer leurs chevaux. Alec va regarder l'étalon alezan. Jamais encore il n'a vu un cheval aussi remarquable, tant par la beauté de sa robe que par sa perfection physique, mais, par fidélité au souvenir de Black, il espère qu'il doit avoir un défaut quelconque, quoique bien caché.

Le jeune chef bédouin lui a ôté sa selle. L'étalon fait quelques pas, baissant la tête pour renifler le sol. Puis, trouvant un creux, il s'y couche pour se rouler sur le dos, fouettant l'air de ses jambes solides et heureux de se frotter contre le sol. Il se relève ensuite, s'ébroue et regarde tout autour de lui, la tête haute et les oreilles dressées.

Alec, sentant quelqu'un derrière lui, se retourne et voit que c'est le jeune chef. Il lui sourit et lui fait comprendre par gestes qu'il admire son cheval.

— Sagar ! crie le Bédouin, et l'alezan vient vers lui en trottant.

Le cheval s'approche d'Alec et montre le blanc de ses yeux. Puis son grand corps tremble et il se met à piétiner le sol. Le chef s'avance, le prend par la crinière dorée et lui caresse la tête qui est aussi fine que celle de Black.

« Ah ! songe Alec, si Black pouvait courir contre cet alezan, quelle belle lutte cela ferait ! Mais lequel des deux battrait l'autre ? Black sans doute, car il mettait à la course tout son courage et tout son cœur. »

Quelques instants plus tard, le groupe des cavaliers reprend sa route. Ils traversent le plateau au galop de chasse puis se mettent en file, l'un derrière l'autre, car l'ascension recommence. Alec peut apercevoir devant eux des pics élevés, et au loin, de l'autre côté, le grand désert blanc qu'il leur faudrait encore traverser pour retourner à Haribwan.

À l'étape du soir, ils dorment sur le flanc de la chaîne de montagnes, et le matin suivant continuent à monter vers le sommet qu'ils atteignent dans la journée.

La nuit d'après, ils campent sur un autre petit plateau plus élevé. Alec remarque que le jeune chef s'est couché près de son cheval. Dès l'aurore, ils entreprennent l'ascension d'une nouvelle montagne dont ils atteignent le sommet vers midi. Le panorama est splendide. Il y a au-dessous d'eux un nouveau plateau, et, au-delà, des monts encore plus hauts.

Quand ils sont sur ce plateau, les Bédouins mettent leurs chevaux au galop, puis ralentissent. Le chef lève le bras droit et deux cavaliers se détachent pour se porter sur le flanc droit tandis que deux autres exécutent la même manœuvre sur la gauche. Mais quand ils prennent le galop, ils ont détaché leurs fusils des crochets de la selle et les tiennent à la main, la crosse appuyée sur leur cuisse.

La région ne doit pas être de tout repos, pourtant leurs visages ne présentent pas le moindre signe d'inquiétude. Il est vrai qu'ils sont tous des guerriers endurcis par le désert et ne doivent pas redouter beaucoup les hordes de pillards.

Pendant deux jours, ils continuent d'avancer dans le secteur montagneux, conservant toujours la même formation et ne faisant que de courtes haltes dans la journée.

Un soir, comme Raja est assis parmi un petit groupe de Bédouins, Alec va le trouver pour lui demander :

— Pour combien de temps en avons-nous encore ?

— Je ne sais pas, répond le jeune Arabe. L'homme avec lequel je monte ne veut pas me le dire.

— Bon sang ! s'écrie Henry, cela ne peut pas être encore bien long. Voici quatre jours que nous chevauchons. Et puis, nous sommes arrivés au bout du plateau.

— Il peut y en avoir encore d'autres plus haut, fait M. Volence en souriant.

— Mais, si nous prenons encore de l'altitude, nous finirons par ne plus pouvoir respirer !

Nouveau départ au lever de l'aurore. Après les avoir fait galoper sur plus d'un kilomètre, le jeune chef conduit ses cavaliers dans un ravin escarpé. Malgré le terrain accidenté, ils avancent rapidement. De chaque côté s'élèvent des falaises à pic, sur lesquelles de gros blocs de rochers donnent l'impression d'osciller dangereusement. Mais les Bédouins mènent leurs chevaux d'une main experte parmi les accidents de terrain.

Ils continuent à monter, dépassant le niveau des pics qui les entourent, puis arrivent à une fourche dans le ravin et s'arrêtent pour dresser le camp.

Après s'être nourris de viande séchée, Alec et ses amis s'assoient en silence sur le sol rocailleux. La soirée est particulièrement calme, mais aucun feu n'est allumé et les sentinelles ont été doublées.

Quand la nuit est tombée, le jeune chef appelle Raja, a avec lui une conversation de quelques minutes, puis se retire.

— Nous sommes tout près du royaume d'Abou Yakoub ben Ichak, dit Raja à ses amis quand il est revenu vers eux. Nous nous séparerons des Bédouins demain matin.

— Mais dans quelle direction partirons-nous ? demande anxieusement Alec.

— Par la branche nord-est de cette fourche. Les cavaliers s'en iront par l'autre. Le chef m'a dit que nous n'étions qu'à une journée à pied et qu'il nous donnerait les vivres nécessaires.

Alec, malgré sa fatigue, est long à s'endormir. C'est donc le lendemain soir qu'ils arriveraient enfin à destination. Mais quel genre de réception les attend ? Abou Yakoub ben Ichak ne sera-t-il pas mécontent de les voir arriver ? Certes, les paroles de M. Coggins concernant l'hospitalité des Bédouins étaient rassurantes...

« Il ne refuse jamais un hôte, ce serait une faute contre l'honneur ! Un péché devant Dieu ! »

Le jeune garçon se retourne sur le côté et regarde les cavaliers. Ceux-ci ont été accueillants. Ils l'ont largement prouvé en acceptant de les emmener et en les conduisant aussi loin dans les montagnes. Il n'y a pas de raisons de craindre qu'Abou Yakoub ben Ichak soit moins bienveillant qu'eux. Mais Alec se souvient de leur guide, mort dans le sable, avec le long poignard enfoncé jusqu'au manche dans la poitrine. Oui, M. Coggins avait dit aussi : « Se faire un ennemi du Bédouin, c'est risquer la mort. Selon la loi du désert, le sang appelle le sang et la mort appelle la mort ! »

Quand le jour paraît, Alec a à peine fermé l'œil, mais il ne ressent plus de fatigue. Il est plein d'énergie pour la journée qui s'annonce. Black est tout près, maintenant. Comme il est impatient de se mettre en route, il va réveiller ses amis.

— Venez, leur dit-il. C'est le moment de partir.

Alors qu'ils prennent un léger repas, le chef des Bédouins vient vers eux. Il n'a pas l'air pressé car les chevaux de son groupe ne sont pas encore sellés.

— Raja, dit Alec, fais-lui comprendre que nous voudrions bien partir et serions heureux s'il nous donnait à présent nos vivres pour la journée.

Le jeune chef écoute aimablement la requête et sourit en regardant Alec.

— Il dit que tu as dû naître avec des éperons, explique Raja. Il a ajouté que c'est un bon signe d'être impatient et qu'il est content de te voir ainsi. Si nous voulons partir maintenant, nous pouvons le faire. Nos provisions sont prêtes.

Ils se mettent en route comme les cavaliers sellent leurs montures. Le chef, qui est en selle sur Sagar, se retourne vers eux. Alec lui fait un geste amical d'adieu. Le Bédouin sourit et fait cabrer son cheval pour les saluer.

— Qui sait si nous le reverrons jamais ? dit Alec en s'en allant avec ses amis.

10

LE PAYS DE BLACK

Vers la fin de l'après-midi, le ravin se resserre pour n'être plus qu'un étroit défilé entre des parois rocheuses. Puis ils aperçoivent devant eux une ouverture dans les rochers par laquelle deux hommes peuvent passer de front.

Raja s'avance le premier dans ce passage au milieu duquel se présente un tournant brusque.

— Vous parlez d'un pays ! grommelle Henry. Avec ma claustrophobie, j'aimerais mieux autre chose !

Après le tournant, la sorte de fissure dans les rochers prend fin et ils aperçoivent devant eux, à leurs pieds, une large et riante vallée. Le sol est couvert d'une végétation luxuriante et les arbres y abondent. De l'autre côté de la vallée, le soleil couchant éclaire de grandes maisons de pierres blanches, puis plus bas, d'autres habitations plus modestes.

— Regardez ! s'écrie Alec en pointant un doigt vers le centre de la vallée. Un grand troupeau de chevaux est en train de brouter.

— Il y en a des centaines ! s'exclame M. Volence. Ce doit être le domaine d'Abou Yakoub ben Ichak.

Ils suivent un chemin bien tracé à travers les broussailles, mais Alec ne quitte pas des yeux le troupeau. Soudain l'un des chevaux se détache des autres, trotte lentement sur l'herbe épaisse, puis s'arrête en tournant les naseaux vers le haut de la vallée.

— Henry, c'est Black ! s'écrie le jeune garçon. Je suis sûr que c'est lui !

— Peut-être. Mais il est bien loin pour que nous en soyons certains. Cependant il trotte tout à fait comme lui.

Le cheval part alors au galop, la tête bien droite et la crinière flottant au vent. Henry, le regardant de nouveau, dit encore :

— C'est bien lui, Alec. Cela ne fait plus de doute.

Soudain, de l'autre côté de la vallée vers lequel court l'étalon noir, un homme monté sur un cheval blanc apparaît. Black arrive presque sur lui, puis s'arrête soudain et se met à reculer.

— Je me demande ce qui lui prend, Henry. Allons-y donc.

Ils descendent rapidement dans la vallée et voient le cheval blanc et son cavalier partir en avant comme une flèche. Black commence par les suivre, puis les dépasse avec la plus grande facilité.

Ils viennent en direction d'Alec quand le cheval blanc s'arrête net. Black va pour se retourner vers eux quand il stoppe à son tour et lève la tête dans le vent qui souffle du sud. Il se met alors à piaffer nerveusement.

— Peut-être nous a-t-il sentis, fait Henry. Puis il ajoute en souriant : Je parie que le cheval blanc est une pouliche. Son amie sans doute.

Black regarde dans leur direction. Il pousse alors son cri, le long sifflement strident, galope vers eux, s'arrête encore et se cabre. Il n'est plus qu'à quelques centaines de mètres et sa robe noire brille au soleil.

Alec quitte ses amis et court vers l'étalon qui bondit à sa rencontre. Quand le reste du petit groupe l'a rejoint, l'adolescent entoure de ses bras la longue et mince encolure. Mais Black montre les dents quand les autres approchent.

Henry va directement vers lui.

— Eh bien, s'écrie-t-il en empoignant la crinière, en voilà une façon d'accueillir un vieil ami. Mais, dis donc, Alec, il est dans un état parfait. Mieux encore que je ne l'avais jamais vu !

Un bruit de sabots les fait se retourner. Le cheval blanc s'avance vers eux et leurs regards se fixent sur son cavalier.

— On dirait un gosse ! murmure Henry.

— Il porte des vêtements européens, ajoute M. Volence.

Le cavalier met son cheval au pas. Henry regarde surtout l'animal. C'est certainement un pur-sang arabe. Petit, pas même quatorze mains, mais joliment proportionné. Et une pouliche, comme il l'a deviné. Son cou porte une crinière comme celle de Black, avec une tête fine mais qui n'a pas l'air aussi sauvage.

Elle avance tranquillement, obéissant aux rênes comme si elle s'en remettait entièrement à la main qui la conduit. Henry n'ignore pas qu'il n'y a que peu de chevaux de cette sorte au monde. Quand il lève les yeux sur le cavalier, son regard rencontre une figure mince… et c'est celle d'une jeune fille !

Ses cheveux brillants couronnent un joli visage ovale dont les yeux en amande les regardent curieusement, et sa peau fraîche a la couleur du miel. Comme elle leur adresse la parole en arabe, c'est Raja qui répond. Mais au bout d'un instant elle se tourne vers les trois amis et leur dit dans un anglais parfait :

— Soyez les bienvenus dans le domaine d'Abou Yakoub ben Ichak. Je suis sa fille, Tabari.

Ils se présentent alors et elle sourit à Alec qui caresse toujours les naseaux roses de Black.

— Mon père m'a beaucoup parlé de vous à cause de Sheïtan, continue-t-elle. Nous vous sommes très reconnaissants.

— Votre père… Est-il ici en ce moment ? demande M. Volence.

— Oui. Venez. Je vais vous conduire à lui.

Comme ils remontent la vallée, Alec ne cesse de dévorer Black des yeux. Ce serait si facile de lui sauter sur le dos… Il a attendu si longtemps cet instant-là !

La jeune fille a compris sa pensée, car elle lui dit doucement :

— Il vaut mieux attendre un peu. Mon père ne permet qu'à un seul homme de monter Sheïtan. Mais il fera peut-être une exception, ajoute-t-elle avec un nouveau sourire.

Ils passent devant le troupeau de chevaux qui, s'arrêtant de brouter, relèvent la tête. Black quitte brusquement Alec et se met à galoper autour d'eux.

— Je n'ai encore jamais vu de chevaux pareils à ceux-ci, dit M. Volence à la jeune fille.

— Il n'y en a pas d'autres comme eux, en effet, répond-elle. Mon père et mon grand-père avant lui ont passé leurs vies à faire des croisements du pur-sang du Nedji, comme ma Johar que je monte en ce moment, avec d'autres qu'ils ont cherchés partout de par le monde. Ces chevaux en sont le résultat et Sheïtan en est de beaucoup le plus beau.

Quand ils sont arrivés presque en haut de la vallée, la jeune Tabari demanda à Raja :

— Comment s'appelle donc ce chef dont vous venez de me parler et qui vous a conduits ici ? Vous ne savez pas son nom ?

Raja secoue négativement la tête.

— Il est jeune, n'est-ce pas, continue-t-elle, et monte un étalon alezan ?

— Il me serait difficile de vous dire son âge, mais en effet son cheval est un bel alezan.

La jeune fille se tait et devient songeuse. Elle chevauche en silence, les yeux perdus au loin.

Comme le petit groupe passe devant les maisons blanches sur le seuil desquelles se tiennent des hommes et des femmes, ceux-ci les regardent avec curiosité.

— Ils n'ont pas souvent l'occasion de voir des étrangers, explique Tabari.

En approchant de la riche demeure d'Abou Yakoub ben Ichak, ils entendent un bruit de galop. C'est Black qui accourt vers eux. Il s'arrête, se cabre fièrement, puis vient au trot vers Alec.

— Il fait comme s'il était toujours ton cheval, dit Henry.

Abou Yakoub ben Ichak, qui les a vus venir, se tient sur les marches blanches du perron de sa résidence. Il porte la grande robe flottante des Bédouins, mais sa tête est découverte et laisse voir ses cheveux gris. Ses yeux noirs regardent ses visiteurs puis se fixent longuement sur Alec. Une lueur de surprise paraît alors sur son visage.

— *Afferin !* N'êtes-vous pas Alec Ramsay ?

— Oui, monsieur, c'est bien moi. Et vous vous souvenez sûrement aussi de Henry Dailey ?

Alec se tait soudain en examinant M. Volence et Henry. Il se rend compte combien ils ont changé pendant cette traversée du désert. Leur peau est devenue aussi brune que celle des Bédouins. Quant à leur visage, il est presque hagard. Il aurait été difficile à leurs meilleurs amis de les reconnaître, à plus forte raison Abou Yakoub ben Ichak qui ne les a vus qu'une fois.

Mais le cheik répond :

— Certainement. Je me souviens de votre ami Henry. Mais c'est tellement peu croyable… que vous soyez ici ! Entrez donc. Vous devez être fatigués. On va vous préparer des bains chauds. Ensuite nous pourrons parler.

Abou Yakoub ben Ichak les précède dans l'intérieur de la maison, mais, avant de suivre les autres, Alec se retourne vers Black.

— À bientôt, mon vieux camarade !

L'étalon s'ébroue, frotte sa tête contre celle d'Alec, puis fait demi-tour et repart vers son troupeau.

*

* *

Dans la soirée, quand ils ont pris leur bain et revêtu des robes blanches que leur a fait apporter le cheik, ils lui racontent leur voyage depuis le départ de Haribwan. Abou Yakoub ben Ichak les écoute intensément, mais son visage s'altère quand ils parlent du jeune chef qui les a guidés à travers les montagnes. Son front se rembrunit encore et ses yeux cillent. Il interrompt M. Volence et dit lentement en caressant sa petite barbe grise :

— Oui… Nous vivons des temps difficiles. Très difficiles… Enfin, vous avez de la chance d'être ici. Allons nous mettre à table maintenant. Vous devez avoir bien faim.

Ils pénètrent dans une vaste pièce où les attend une longue table chargée de mets variés et de fruits disposés sur de grands plateaux d'argent rehaussés de pierreries. Pendant le dîner, M. Volence commence à aborder le sujet qui lui tient tant à cœur :

— En arrivant aujourd'hui dans cette vallée, nous avons aperçu vos chevaux. Ce sont de superbes bêtes. Je n'en avais jamais vu de semblables, et pourtant je suis moi-même éleveur de pur-sang.

— Le cheval est la vie du Bédouin, répond le cheik en souriant. Ces chevaux, que vous avez vus, sont le résultat de générations de croisements. Je crois, en effet, qu'il n'y en a pas de plus beaux au monde.

M. Volence réfléchit quelques instants, puis attaque délibérément :

— L'étalon noir, votre Sheïtan, accepteriez-vous de le vendre ? Je suis prêt à payer le prix que vous en demanderiez.

Sans regarder son interlocuteur, Abou Yakoub ben Ichak répond :

— Il n'est pas à vendre. Il vaut plus cher encore pour moi que tout ce que vous pourriez m'offrir.

— Mais les autres ? Vous n'accepteriez pas de me céder quelques-uns d'entre eux ?

Après un court silence, le cheik reprend :

— Nous sommes très fiers et très jaloux de nos chevaux, monsieur. Dans le désert, on peut manquer de nourriture, d'eau. Nos enfants peuvent crier de soif et de faim, mais nous laissons quand même à notre cheval la dernière goutte d'eau, la dernière parcelle d'aliments. C'est pourquoi nous ne les vendons pas. Leur sang est pur de tout mélange, sauf dans des circonstances où nous estimons que des croisements soigneusement étudiés peuvent améliorer la race. C'est ce que j'ai fait, et mon père avant moi.

— Pourtant, objecte Charlie Volence, le sang de vos superbes animaux coule maintenant dans les veines de beaucoup de chevaux et même dans quelques-uns des miens. J'ai vu plusieurs arabes de pur sang au hasard de mes voyages. Si, comme vous le dites, vous n'en vendez jamais, comment cela se peut-il ?

Le cheik se redresse sur sa chaise.

— Je crois et je suis même certain que vous n'avez vu qu'un pur-sang arabe, et c'est Johar, la pouliche blanche que montait aujourd'hui ma fille Tabari. Il y en a peu d'autres comme cela en Arabie et certainement pas dans les pays étrangers.

Le dîner se termine en silence.

Alec, en quittant la grande pièce, marche à côté de Tabari qui a assisté au repas, auprès de son père. Il entend M. Volence, derrière lui, dire au cheik :

— Je vous présente mes excuses si j'ai dit quelque chose qui ait pu vous offenser. C'est parce que je m'intéresse tout particulièrement à l'amélioration de la race de nos pur-sang américains que j'ai désiré vous acheter des chevaux. Je comprends maintenant que vous ne veuillez pas les vendre.

Tabari conduit Alec jusqu'au grand perron. Le clair de lune illumine la vallée, et le jeune garçon peut distinguer les chevaux au pâturage. Des maisons voisines s'élèvent des chants et des airs de musique.

La jeune fille est habillée d'une simple robe de soie rose pâle. S'appuyant contre l'un des piliers blancs du péristyle et tournant la tête vers Alec, elle lui dit :

— Il ne faut pas que les paroles de mon père vous déçoivent. C'est un homme très bon et très généreux.

— Quoi… Vous voulez dire… Enfin, vous pensez qu'il acceptera peut-être de vendre quelques chevaux à M. Volence ? demande-t-il anxieusement.

— Non. Il l'a refusé très nettement en affirmant que ceux de notre sang ne vendaient jamais leurs chevaux.

Et comme Alec ne peut dissimuler un sourire navré, elle ajoute :

— Oui, mais s'ils ne les vendent pas, ils peuvent les donner. Mon père est comme cela.

Elle se tait, puis reprend d'une voix si basse qu'il éprouve de la difficulté à l'entendre :

— Tout cela dépend tellement de Sheïtan !

— De Sheïtan… de Black… Pourquoi ?

— C'est une bien étrange histoire. Mais vous avez le droit de la connaître, car vous y avez joué un rôle.

— Moi ! J'ai joué un rôle dans…

— Oui. Mais laissez-moi prendre les choses à leur début. Il y a plus de cent ans, mon arrière-arrière-grand-père avait élevé un cheval qu'il estimait être le plus beau d'Arabie, et il le clama à tous les échos. De nombreux cheiks, qui en pensaient autant des leurs, lui lancèrent un défi, affirmant que leurs chevaux battraient le sien dans une course régulière. Le gant fut relevé et la course eut lieu.

— C'est lui qui a gagné ?

— Oui, nettement. Et il reçut l'enjeu convenu qui se composait des quinze plus beaux chevaux de chacune des tribus qui avaient participé à l'épreuve. Depuis, des courses ont lieu tous les cinq ans, et, dans cet intervalle, les cheiks intéressés ont toujours préparé les meilleurs coursiers possibles. À la mort de mon trisaïeul, son fils se consacra à cet élevage, et après mon grand-père c'est mon père qui continue la tradition. Quand nous le perdrons, c'est mon frère, actuellement en Angleterre, qui prendra la suite, et moi avec lui.

— Est-ce que votre famille a gagné toutes les courses à travers les années ?

— Non, mais nous avons remporté la plupart d'entre elles jusqu'à il y a une vingtaine d'années, où le grand bai de mon père, Tigris, a été battu par le cheval d'Abd al-Rahman. Et les chevaux de ce dernier ont encore gagné les deux courses qui ont été disputées depuis.

Tabari lève les yeux vers Alec comme si elle hésitait à lui faire une révélation, puis continue :

— Peut-être vaut-il mieux que je vous en apprenne davantage sur Abd al-Rahman et son fils, le jeune chef bédouin qui porte le même nom que lui et qui a été votre guide dans les montagnes.

— Alors, l'interrompt Alec, l'étalon alezan qu'il montait, c'est un cheval pour la course ?

— Oui, justement.

Le jeune garçon a un frémissement. Si Black et l'alezan couraient l'un contre l'autre, quelle épreuve ce serait ! Certainement jamais on n'aurait rien vu de pareil !

— Vous avez sans doute remarqué que mon père ne vous a pas encouragé à parler de lui. Il y a entre nous et cet Abd al-Rahman une déplorable histoire qui a déjà fait couler beaucoup de sang. Ce n'est pas parce que mon père a perdu des chevaux dans les courses, se hâte-t-elle d'ajouter, mais parce que le jeune chef a voué une haine féroce à mon père.

— Comment peut-on haïr un homme aussi aimable que lui ?

Tabari hésite un autre instant, puis répond d'une voix mal assurée :

— Il y a vingt ans, mon père et le sien étaient les meilleurs amis du monde. Les hommes des deux tribus chevauchaient ensemble dans les montagnes et le désert, cherchant de bons pâturages et aidant ceux qui en avaient besoin et ne pouvaient en découvrir eux-mêmes. Quelque temps après la naissance de son second fils, Abd al-Rahman partit en pèlerinage pour La Mecque. Mon père le lui déconseilla vivement car il y avait à ce moment-là dans le désert des tribus en guerre, et même un cheik puissant comme lui n'était pas à l'abri du danger. Abd al-Rahman, fier de sa force, de ses guerriers et de ses chevaux, ne voulut rien entendre. Il partit avec ses hommes les plus fidèles, emmenant aussi sa femme et le bébé qui venait d'avoir deux ans.

Tabari se tait. Alec croit qu'elle va s'en tenir là de son histoire quand elle reprend sans le regarder :

— On ne les a jamais plus revus. Les corps d'Abd al-Rahman et de son épouse ont été retrouvés dans le désert, desséchés par le soleil. Quant à l'enfant, il avait disparu...

La voix de la jeune fille s'altère encore en continuant :

— Dans le cœur d'Abd al-Rahman, on retrouva le poignard de mon père et on le rapporta au fils aîné du cheik, qui portait son nom. C'est de là que vient sa haine mortelle pour mon père, haine qui a grandi avec lui. Plus il se sentit viril et fort, plus il songea à sa vengeance, et il n'a jamais manqué l'occasion de faire couler le sang de notre peuple.

La jeune fille lève encore les yeux vers Alec et conclut :

— Cette querelle de sang entre nos deux familles continuera jusqu'à ce que l'un de nous ne soit plus de ce monde !

Le jeune garçon demeure silencieux. Il comprend pourquoi les cavaliers d'Abd al-Rahman ont pris tant de précautions en approchant du domaine d'Abou Yakoub ben Ichak.

— Alors, dit-il enfin, la course n'a plus de raison d'être, puisque vous êtes en guerre.

— Mais si ; pour l'Arabe, le cheval est le facteur principal du succès de ses expéditions. Perdre la course, c'est perdre de très bons chevaux, ce qui affaiblit une tribu. Dans la suite des années, ma famille a vu grandir sa force, parce qu'en gagnant des courses, elle enlevait les meilleurs étalons aux autres clans. Maintenant, c'est Abd al-Rahman qui étend sa puissance, car en remportant les trois dernières compétitions, il a obtenu les meilleurs chevaux de mon père. S'il gagne encore cette fois, il en sera d'autant plus redoutable, et plus capable encore d'exercer cette vengeance qu'il tient tant à accomplir.

Tabari abandonne le pilier contre lequel elle s'appuie et se tourne vers Alec.

— Vous comprenez maintenant pourquoi tant d'événements dépendent de la victoire de Sheïtan dans cette course. Quand il a été volé, mon père a soupçonné aussitôt Abd al-Rahman et s'est préparé à envahir son domaine avec ses guerriers les plus dévoués et les plus courageux. Beaucoup de sang aurait déjà coulé si nous n'avions reçu à temps la nouvelle qu'un cheval répondant au signalement de Sheïtan avait traversé le désert vers l'ouest. Mon père suivit les indications qu'on lui donnait, et, quand il arriva avec ses hommes au port de Djedda, sur la mer Rouge, ils apprirent que Sheïtan – car c'était bien de lui qu'il s'agissait – avait été embarqué sur le cargo *Drake*, puis que ce navire avait fait naufrage au large des côtes d'Espagne. Mon père en fut désolé, car, avec notre étalon, avait disparu la possibilité de battre celui d'Abd al-Rahman. Quelques mois plus tard, par une lettre que mon frère a envoyée d'Angleterre, mon père a entendu parler de vous et de votre cheval. Vous savez le reste.

— Quand cette course doit-elle avoir lieu ? demande Alec.

— Dans trois semaines, au premier jour de la nouvelle lune. Mais voilà longtemps que je vous parle… et il se fait tard !

Ils reviennent dans la maison, mais, avant de se coucher, Alec va retrouver ses amis et les met au courant de ce qui lui a été dit par la jeune Tabari.

11

FRÈRES DE SANG

Le lendemain matin, Alec est réveillé par deux coups discrets frappés à la porte de sa chambre. L'un des serviteurs d'Abou Yakoub ben Ichak entre et va ouvrir les larges fenêtres aux rideaux lourds pour permettre au soleil d'entrer à flots dans la pièce. Il part ensuite et revient en portant un grand plateau de fruits qu'il dépose devant le jeune garçon, puis va se mettre auprès de la porte où il demeure immobile et muet.

Alec, en dégustant ce déjeuner frugal, se remémore l'histoire que lui a contée Tabari. L'étalon d'Abd al-Rahman est vraiment superbe, mais ce Sagar pourrait-il l'emporter sur le courage et la vitesse de Black ? Oh ! ce serait une bien belle course. Il est dommage pourtant que les enjeux soient si élevés, car, si Tabari a dit la vérité, la défaite de Black peut avoir des conséquences redoutables.

Les pensées du jeune garçon vont alors à Abd al-Rahman, ce grand Bédouin osseux à la longue barbe noire. Pourquoi ne peut-il se rendre compte qu'il est impossible qu'Abou Yakoub ben Ichak ait tué son meilleur ami ? Oui, mais il y avait le poignard ! Le jeune chef est aussi violent qu'impétueux. Il veut sa vengeance.

Ne serait-ce pas sur l'ordre d'Abd al-Rahman que Black aurait été volé pour qu'il ne puisse pas participer à la course, et que Sagar soit certain de gagner ? Et, sachant ensuite qu'Abou Yakoub ben Ichak était parti pour les États-Unis, n'avait-il pas envoyé un homme pour tuer l'étalon noir ? Et il y a encore cet oiseau d'ivoire. Que signifie-t-il vraiment ?

Il lui semble cependant invraisemblable qu'Abd al-Rahman puisse être capable d'une telle manœuvre. Mais, dans un tel pays, ne peut-on s'attendre à tout ?

Alec songe alors à Tabari et à ce que Henry lui a dit la veille au soir. Le cheik a raconté à ses amis qu'il avait rencontré dans l'est celle qui devait être sa femme, et qu'il l'avait ramenée avec lui dans le Kharj. Elle était morte trois ans après la naissance de Tabari. Il avait alors envoyé ses deux enfants en Angleterre pour y recevoir leur éducation, mais la fillette, trop malheureuse loin de son foyer natal, était revenue au bout de cinq ans. Cela expliquait l'excellent anglais que parlait la jeune fille.

Quand Alec descend l'escalier, il trouve en bas le cheik et ses trois amis.

— Venez, lui dit Abou Yakoub ben Ichak. Nous avons des chevaux qui nous attendent.

Le jeune garçon demande à Henry :

— Que se passe-t-il ? Où allons-nous ?

— Le cheik vient de nous parler de la course qui va avoir lieu, mais n'est pas trop entré dans les détails. Nous allons assister à l'entraînement. Il pense que cela nous intéressera.

Au-dehors, des Bédouins tiennent les chevaux. Tabari monte sur Johar qui trépigne nerveusement. Tous se mettent en selle et partent. Alec serre les jambes sur les flancs du bai qui lui a été réservé. Il lui semble bon de se retrouver à cheval. Caressant l'encolure, il laisse sa monture jouer avec son mors. Henry a un puissant cheval noir qui n'ose pas se rapprocher trop du bai.

— C'est la grande vie, n'est-ce pas ? fait le brave homme en souriant.

Comme ils arrivent tout près du groupe des chevaux au pâturage, le jeune garçon demande :

— Qui va monter Black, Henry ?

— Un des hommes d'Abou. C'est encore une histoire. Après être revenu avec Black, le cheik n'a trouvé personne qui puisse le monter. Il le laissait donc vivre à sa guise, lorsqu'un jour un Bédouin isolé est arrivé dans la vallée et a demandé à faire partie de la tribu. Abou nous a dit que tous les membres de son clan se considèrent comme frères du même sang. On obtient cette qualité en suçant quelques gouttes d'un autre sang et ainsi tous les deux se mélangent. C'est curieux, n'est-ce pas ? Enfin, le cheik a attendu un certain temps avant de le considérer comme l'un des siens. Une période de noviciat, en somme. Il paraît qu'il s'est très bien tenu et qu'il est aussi l'un des meilleurs cavaliers qu'on ait jamais vus. Abou Yakoub ben Ichak l'a mis sur le dos de l'étalon noir, et après une lutte sérieuse que j'aurais bien voulu voir, il a réussi à tenir Black sous son contrôle. Le cheik alors a été rassuré pour sa course. Mais je suis curieux de voir cet homme. Je n'aurais jamais cru qu'un autre que toi puisse dresser Black !

En arrivant au troupeau, ils voient un certain nombre de cavaliers et, au milieu d'eux, Black qui se cabre violemment en agrémentant ses sauts de mouton de furieuses ruades. Les Bédouins écartent prudemment leurs chevaux.

Celui qui doit être le cavalier de Black lui saute alors sur le dos. Le fier animal se cabre encore et

Alec croit un instant qu'il va se jeter en arrière en écrasant l'homme sous la selle. Mais le Bédouin enfonce ses talons dans ses flancs et il part au galop.

Ils contemplent ses foulées puissantes sur le terrain inégal de la vallée. Le Bédouin semble perdu dans les flots de la crinière noire. Puis, comme il le ramène vers les assistants, Alec voit qu'il a un fouet levé dans la main. Le jeune garçon s'en mord violemment les lèvres. Pourquoi frapper ce cheval ? Black n'a nullement besoin du fouet. La dure lanière tombe sur sa croupe. L'étalon bondit en avant comme un ressort qui se détendrait. Et comme il passe devant eux, Alec voit encore le fouet levé. Il se retourne furieux vers Henry.

— Quoi, il se sert d'une cravache, cet imbécile ?

Henry va vers Abou Yakoub ben Ichak et lui dit :

— Il va écœurer définitivement votre Sheïtan, s'il continue à taper dessus !

Le cheik répond d'une voix calme mais décidée :

— Je ne l'avais jamais vu se servir d'une cravache, mais je vous garantis qu'il ne le fera plus !

Le cheval et son cavalier décrivent encore un large cercle dans la vallée, puis le Bédouin ralentit progressivement l'allure. Secouant la tête, l'étalon revient vers eux sans efforts, son grand corps noir et chaud brillant au soleil.

Abou Yakoub ben Ichak fait un signe à ses cavaliers et quand le cheval est près d'eux, ils se portent à sa rencontre. Le Bédouin met pied à terre et jette une couverture sur le dos de Black qui agite furieusement la tête en montrant les dents.

Henry, se penchant vers Alec, murmure :

— Cette espèce de type peut le cravacher, mais il n'arrivera jamais à en tirer quelque chose parce qu'il le contrarie à chaque pouce de terrain et va arriver à le désorienter complètement. Mais ne te fais pas de mauvais sang. Laisse faire Abou, il va s'en occuper. Tiens, il le sermonne, maintenant !

Le cheik appelle le cavalier et lui adresse en arabe de violentes observations. L'homme regarde son chef d'un air piteux et lugubre. Quand le propriétaire de Sheïtan a fini de l'admonester, il salue sans mot dire et tourne les talons.

Alors qu'ils sont sur le chemin du retour, Tabari vient à côté d'Alec.

— Voulez-vous que nous allions faire une promenade tous les deux ? lui propose-t-elle.

Le jeune garçon accepte avec joie et ils se séparent des autres. La jeune fille l'emmène vers le sud de la vallée et prend une petite piste qui court vers la montagne.

Ils gravissent la pente escarpée, et Alec reconnaît un endroit où il est déjà passé. La fissure des rochers qui s'ouvre sur la vallée ne doit pas être loin.

Voyant qu'il jette des regards autour de lui, la jeune fille lui dit :

— Ne soyez pas inquiet. Ici nous sommes encore en sécurité.

Ils font halte sur une petite plate-forme d'où ils peuvent voir au-dessous d'eux les chevaux qui broutent et les petites maisons blanches du Nord.

Ils sont là depuis quelques minutes quand leurs chevaux donnent des signes de nervosité. Leurs têtes se lèvent et leurs oreilles se dressent. La pouliche de Tabari hennit doucement. Des bruits de sabots se font alors entendre, et se retournant, ils voient arriver Abd al-Rahman sur son étalon Sagar.

La jeune fille se raidit sur sa selle, mais ne bouge pas.

Le cheik vient jusqu'à eux, fait un petit signe de tête à Alec et s'adresse en arabe à Tabari tout en la regardant avec une certaine douceur.

L'adolescent s'émerveille du courage qu'il a fallu au jeune cheik pour s'aventurer seul dans le domaine d'Abou Yakoub ben Ichak. Mais pourquoi y est-il venu ? Pour surveiller l'entraînement de Black ou pour quelle autre raison ?

Tabari lui a dit qu'elle n'avait plus rencontré Abd al-Rahman depuis la dernière course, et il y a cinq ans de cela.

Le jeune chef se met à rire et pose sa main brune sur le pommeau de la selle de Johar. Tabari élève la voix avec colère. Ses lèvres tremblent.

Alec se rapproche d'eux quoique ne voyant pas bien ce qu'il pourrait faire, mais Tabari, le visage courroucé, se tourne vers lui.

— Il me menace de m'enlever et de m'emmener avec lui ! s'écrie-t-elle. Il ne pense donc pas que j'ai la liberté de choisir moi-même !

D'un geste rageur, elle lui écarte la main de sa selle.

L'audace et la vivacité de la jeune Arabe sont surprenantes. Elle, qui est si petite qu'il lui faut lever la tête pour regarder Abd al-Rahman ! Sa fierté doit être indomptable, comme le pur-sang qu'elle monte. Quant au jeune Bédouin, il a l'air si doux qu'il est difficile de voir en lui un homme aussi sanguinaire, et le chef du clan que redoute celui d'Abou Yakoub ben Ichak.

Tabari rassemble ses rênes et le cheik fait un geste pour l'arrêter, tout en riant du courroux de la jeune fille. Celle-ci élève la voix encore davantage, puis à la stupéfaction d'Alec, éclate en sanglots et fait tourner si brusquement sa pouliche que celle-ci trébuche presque avant de partir au galop.

Alec la suit, encore tout surpris de la petite scène à laquelle il vient d'assister.

12

IBN AL-KHALDUN

Cette nuit-là, Alec a beaucoup de peine à s'endormir. Son esprit s'obstine à demeurer en éveil. Il pense à la course qui approche, à Abou Yakoub ben Ichak, à Tabari, à Abd al-Rahman. Et aussi au petit Bédouin qui doit monter Black dans la compétition contre l'étalon alezan. C'est peut-être un bon cavalier, habile même, mais qui ne sait pas faire donner au cheval noir son rendement maximum et pourtant celui-ci aurait besoin de toute la vitesse dont il est capable pour battre Sagar.

Alec regarde vers les fenêtres à travers lesquelles filtrent des rayons de clair de lune, puis ferme les yeux et s'endort.

Plus tard, dans la nuit, il est soudain réveillé en sursaut et se frotte les yeux. A-t-il rêvé ou vient-il d'entendre le cri si particulier de Black ? Sautant hors du lit, il court vers l'une des fenêtres. Tout est calme dans la vallée et le ciel, en devenant gris, annonce l'approche de l'aurore.

Un sifflement strident retentit au loin. Pour tout autre qu'Alec, ce ne serait que l'appel d'un étalon sauvage, mais, lui, ne peut s'y tromper. C'est bien celui du Géant Noir qui doit être en danger. Il a déjà entendu ce cri dans la grange.

Dans la lumière assez vague, il voit les chevaux du troupeau dont plusieurs prennent le galop. Puis il distingue nettement une silhouette montée sur l'étalon noir. Celui-ci fait des bonds et se cabre, tournant aussi sur lui-même pour essayer de désarçonner son cavalier.

S'habillant prestement, Alec dégringole l'escalier et frappe à la porte d'Abou Yakoub ben Ichak qui ouvre presque aussitôt.

— Black… Sheïtan… ! s'écrie-t-il. J'ai vu quelqu'un monté dessus.

Les yeux noirs du cheik brillent.

— Bien. Courez aux écuries. Réveillez mes hommes. Je vous retrouverai sur le perron.

Le jeune garçon fait diligence. Tout est tranquille ; mais aussi loin qu'il peut voir, il n'aperçoit aucune trace du Géant Noir.

Quand il revient avec les chevaux et les Bédouins assez mal réveillés, Abou Yakoub ben Ichak les attend. Ils sautent en selle et se dirigent vers le troupeau.

Les chevaux galopent dans tous les sens quand les cavaliers s'approchent, mais ceux-ci les encerclent rapidement et les font revenir devant le cheik.

Black n'est plus parmi eux !

— Dans quelle direction allait-il, Alec ? demande Abou Yakoub ben Ichak d'une voix aussi froide que le poignard qu'il porte à sa ceinture.

— Il m'a bien semblé que c'était vers l'ouest.

Le cheik crie un ordre et les cavaliers partent avec lui. Quand ils ont parcouru quelques centaines de mètres, Abou Yakoub ben Ichak s'arrête et met pied à terre. Il examine minutieusement le sol et se remet en selle. Puis il dirige son groupe vers le bas de la vallée. Ils tournent dans la piste qu'Alec a prise la veille avec Tabari, celle qui aboutit à l'étroite fissure qui s'ouvre sur le reste du monde.

Ils grimpent jusqu'à la clairière et font halte. Abou Yakoub ben Ichak promène ses yeux perçants sur les alentours. Soudain, il talonne son cheval et s'avance sur la piste. Arrivé à un tournant, il saute à terre. Quand Alec arrive, il le trouve penché sur le corps d'un homme en robe blanche. Celui-ci, étendu sur le ventre, a une large tache de sang entre les épaules !

— C'est la sentinelle qui garde le passage la nuit, dit le cheik. Elle est morte. Il faut en finir !

Il bondit en selle sans se servir de l'étrier et fait cabrer son cheval gris, puis criant à ses hommes de le suivre, s'élance sur la piste.

— Venez, nous rentrons, a-t-il dit au jeune garçon.

Ils chevauchent en silence sur la route du retour, et le soleil est levé quand ils reviennent à la blanche résidence. Le cheik met pied à terre sans dire un mot et entre dans la maison.

Alec reste en selle. Black est parti, volé une fois de plus ! Que va faire Abou Yakoub ben Ichak, cette fois-ci ? La sentinelle a été tuée. Le sang a coulé et le sang appelle le sang ! Abd al-Rahman était la veille dans la vallée. N'y est-il pas revenu ?

Un Bédouin passe devant lui en courant et pénètre dans la maison. Il y a de l'électricité dans l'air. Soudain des roulements de tambours retentissent et leur écho se répercute dans la vallée. De toutes les petites maisons sortent des hommes portant des selles et des fusils. Les chevaux harnachés surgissent des écuries.

Les cavaliers d'Abou Yakoub ben Ichak se préparent pour la bataille tandis qu'Alec, immobile sur sa selle, écoute le roulement incessant des tambours qui semble dire :

« Sang pour sang… Sang pour sang… »

Quand les guerriers sont réunis sur la grande place, les femmes leur apportent des munitions et des vivres. Ils tirent des coups de feu pour nettoyer leurs fusils. Les chevaux hennissent et piétinent sans cesse. Enfin la troupe se met en rang, prête à suivre son chef.

Alec voit alors arriver Raja.

— Est-ce la guerre avec Abd Al-Rahman ? lui demande-t-il.

— Non, pas forcément, quoique le cheik ait dit à ses hommes de se tenir sur le qui-vive, car la piste pourrait les conduire jusqu'à Abd al-Rahman. Mais, ce qu'ils cherchent, c'est un des membres de leur propre tribu, leur frère de sang qui devait monter Sheïtan dans la course, car c'est lui qui s'est enfui et a tué la sentinelle après avoir volé le cheval.

— Ainsi, c'était donc lui ! murmure Alec.

Cet homme ne s'est certainement fait affilier à la tribu que pour s'emparer de l'étalon. Mais dans quel dessein ? Il ne peut pas traverser le désert et vendre l'animal avant qu'Abou Yakoub ben Ichak et ses cavaliers ne l'aient retrouvé. Il est beaucoup plus probable qu'il a obéi aux ordres d'Abd al-Rahman, lequel a de bonnes raisons de faire disparaître Black.

Alec prend la chaîne et le médaillon au fond de la poche de sa robe. Peut-être était-ce Abd al-Rahman ou l'un de ses sbires qui a essayé de tuer le cheval, là-bas, dans la grange ! Peut-être les yeux bienveillants et la figure aimable du jeune cheik cachent-ils les sentiments d'impitoyable sauvagerie qui couvent dans son corps de géant ? Peut-être est-il dans sa nature de se montrer aussi violent que brutal en songeant que son alezan risque d'être battu ?

Le jeune garçon, se tournant sur sa selle, voit que le cheik et ses hommes se disposent à partir, et que M. Volence et Henry se tiennent sur le grand perron.

— Est-ce que tu vas avec eux ? lui demande Raja.

Alec, plongé dans ses pensées, l'entend à peine et ne répond pas à sa question.

Le cheik lève la main et touche de ses éperons les flancs de son étalon gris. Ses hommes le suivent et, sans adopter une formation particulière, descendent la vallée.

Alec tient les rênes et part aussi sans regarder derrière lui. Il ne sait pas exactement ce qu'il pourrait faire, mais son Black a été volé et il tient à se joindre à ceux qui le cherchent. Il aurait été incapable de rester en arrière. Peut-être aussi pourrait-il les aider d'une certaine façon. Enfin, puisqu'il est habillé comme eux de la grande robe bédouine, on ne s'apercevrait pas tout de suite de sa présence et il ne se montrerait pas avant qu'il soit trop tard pour le renvoyer.

Il suit donc les cavaliers qui, l'un derrière l'autre, cette fois, prennent la piste qui conduit à la fissure dans les rochers. Soudain le bruit des sabots d'un autre cheval le fait se retourner. C'est un Bédouin. Et comme celui-ci le rejoint, il s'aperçoit que c'est Raja. Le jeune Arabe le salue de la main et vient se mettre à côté de lui.

— Moi aussi, je vais avec eux, lui dit-il.

Ils poussent leurs montures pour rattraper les autres et arrivent bientôt à l'endroit où la sentinelle a été assassinée.

Les hommes avancent lentement, le fusil dans la main gauche et la crosse sur leur cuisse.

Ils s'arrêtent par moments quand Abou Yakoub ben Ichak examine le sol, puis repartent en changeant souvent de direction.

Le soir venu, ils campent à une cinquantaine de kilomètres de la vallée. Alec et Raja dessellent leurs chevaux à une certaine distance des autres, puis s'étendent sur le sol.

— Il vaut peut-être mieux que nous nous fassions reconnaître, dit alors Raja. Nous ne pouvons pas aller bien loin sans nourriture.

Alec l'approuvant cherche des yeux Abou Yakoub ben Ichak. Le cheik passe parmi ses hommes. Chacun lui présente son fusil dont il vérifie le mécanisme avant de le rendre à son propriétaire.

— Allons le retrouver, Raja. Tant pis si notre présence l'ennuie.

L'expression sévère du chef ne change pas quand il les voit. Il n'a pas l'air surpris, mais leur demande d'une voix calme :

— Pourquoi êtes-vous venus ?

— Pour vous aider à retrouver Sheïtan, répond Alec en détournant les yeux.

— Ah ! le petit coq sent ses ergots pousser ? Il veut aider Abou Yakoub ben Ichak et ses cavaliers ! Mais ce n'est pas une contrée de tout repos que celle dans laquelle nous marchons avec tant de précautions. C'est une terre interdite aux hommes de toutes les races et de toutes les couleurs.

Un fin sourire se dessine alors sur ses lèvres et son regard perd beaucoup de sa sévérité.

— Votre cran me plaît, continue-t-il. Il est de bon augure. Je voudrais vous renvoyer, mais il me faudrait vous donner un guide et Allah sait que je ne puis le faire, car j'ai besoin de tous mes hommes. Mieux vaut donc que vous restiez avec nous. Vous y gagnerez des connaissances sur la guerre et sur ce que peuvent faire les braves de ce côté-ci du désert.

Ils marchent encore pendant deux jours, puis la formation change. Les Bédouins se remettent sur une seule ligne, à une dizaine de mètres les uns des autres. Raja va se placer derrière Alec et lui dit :

— On m'a confié la nuit dernière que nous avions perdu la trace de Sheïtan. Nous approchons du royaume d'Abd al-Rahman et les hommes sont certains que c'est là que le cheik doit aller à la recherche de son cheval. Si Abd al-Rahman s'y oppose, cela peut déclencher la guerre.

Le jeune Arabe, en se remettant à sa place, a l'air très préoccupé.

On continue la chevauchée. Les Bédouins ont pris leur fusil dans la main droite, car leur chef a fait passer la consigne d'alerte. Comme la marche se fait plus rapide, mille pensées assiègent l'esprit d'Alec. Il va à la guerre, ce qui ne l'enchante pas du tout, mais il n'a quand même pas envie de tourner le dos. Et s'il lui faut prendre part à la bataille, ainsi que Raja, tous deux sont sans armes et ne feraient que de bien piètres adversaires pour les guerriers d'Abd al-Rahman.

Ils arrivent enfin à une plaine et marchent toujours en file, mais les Bédouins prennent le galop et le sol tremble sous les sabots de leurs chevaux. Au début de l'après-midi, une large masse de rochers apparaît devant eux. Abou Yakoub ben Ichak lève la main et tous ralentissent. Ils avancent alors en prenant de telles précautions que le jeune garçon comprend qu'ils sont devant la citadelle d'Abd al-Rahman.

La petite ville fortifiée est maintenant nettement visible. Les roches rouges s'élèvent en falaises à pic au-dessus de la plaine, rendant la position pratiquement imprenable. Les hommes d'Abd al-Rahman, tirant du haut de ces remparts naturels, peuvent tenir tête à une armée considérablement plus nombreuse que la leur.

Abou Yakoub ben Ichak fait arrêter ses hommes à quatre cents mètres des rochers. Il lève son fusil et tire trois coups de feu, puis se rassoit sur sa selle et attend avec les autres, les yeux fixés sur la citadelle.

Un cavalier apparaît bientôt, suivi de trois autres. Alec reconnaît la barbe noire du jeune cheik. Il se tient très droit sur son cheval, son fusil à la main. La crinière d'or pâle de Sagar flotte au vent de la plaine. Le cavalier s'arrête à une courte distance d'Abou Yakoub ben Ichak qui s'avance vers lui.

Les deux chefs se saluent de la main, et Abou Yakoub ben Ichak lui adresse le premier la parole.

Raja, qui est venu à côté d'Alec, lui dit à voix basse :

— Il est en train de lui expliquer pourquoi nous sommes venus et il le fait en termes très durs.

Le jeune garçon regarde alors l'un des trois Bédouins qui se tiennent derrière Abd al-Rahman. Cette silhouette ne lui est pas inconnue. Il s'avance pour mieux voir et Raja le suit.

Ce Bédouin, penché, en arrière sur sa selle, tient les rênes de la main droite. Le regard d'Alec cherche son bras gauche mais ne peut le distinguer. Le foulard blanc qui lui couvre le front empêche de remarquer ses traits. Soudain, il relève la tête et le jeune garçon tressaille. L'homme en question est Ibn al-Khaldun. Il n'y a pas d'erreur possible. C'est bien lui ! La sueur inonde les plis adipeux de son visage, et, ses lèvres découvrant sa mâchoire édentée, il écoute les sévères paroles du vieux cheik.

Alec recule pour revenir parmi les autres, espérant que le gros Arabe ne l'a pas reconnu. Ibn al-Khaldun, membre éminent sans doute de la tribu d'Abd al-Rahman ! Ibn al-Khaldun qui a pris l'avion avec eux peu après la tentative criminelle contre Black ! Et cette médaille qu'il portait au cou… La même que celle qui a été trouvée dans la grange ! Tous ces indices s'ajoutent les uns aux autres.

Raja lui frappe doucement sur l'épaule.

— L'entretien est terminé, lui dit-il.

Sagar se cabre comme les longues jambes du jeune cheik se resserrent sur ses flancs. Abd al-Rahman touche son cou avec les rênes. Il tourne sur lui-même et galope vers la petite citadelle, suivi par les trois autres Bédouins.

Abou Yakoub ben Ichak les regarde s'éloigner, puis revient vers ses hommes.

— Abd al-Rahman, explique Raja, affirme ne rien savoir de la disparition de Sheïtan, mais le vieux cheik ne le croit pas, et il le lui a dit en des mots plus perçants que la pointe d'un poignard. Il a ajouté que si l'étalon noir n'était pas revenu avant que le soleil ne se lève demain sur les montagnes, il attaquera la citadelle. Ainsi, ajoute le jeune Arabe en levant les yeux vers la masse des rochers, il va couler beaucoup de sang si l'aurore paraît sans que le cheval soit retrouvé.

Les cavaliers mettent pied à terre et établissent leur camp sur place. Le grand cheik revient alors vers Alec et Raja.

— Il vaut mieux que vous partiez maintenant, leur dit-il. Je vais vous faire accompagner aux montagnes qui sont à l'extrémité de cette plaine et vous attendrez là que nous ayons terminé.

Il va pour les quitter quand Alec le retient pour lui parler d'Ibn al-Khaldun, qui a voyagé avec eux et porte au cou la médaille d'ivoire.

— C'est bien ce que je pensais, fait Abou Yakoub ben Ichak. Abd al-Rahman a le bras très long.

Quelques minutes plus tard un cavalier bédouin vient les prier de le suivre. En passant devant les hommes, Alec ne peut s'empêcher d'être surpris de leur calme. La bataille proche n'a guère l'air de les émouvoir. Les chevaux, dessellés, ont bu et broutent. Les Bédouins semblent parfaitement tranquilles. Ils sont assis sur le sol, fumant et bavardant. Quelques-uns même dorment, le foulard tiré sur leur visage pour le protéger du soleil ardent. Seul Abou Yakoub ben Ichak passe parmi eux pour vérifier encore leurs armes et leurs munitions, et sa tête ne se détourne pas quand les jeunes gens s'éloignent.

Alec contemple avec un certain effarement les rochers rougeâtres. Combien d'hommes peut avoir Abd al-Rahman dans ce nid d'aigle ? Descendraient-ils pour combattre en plaine, ou les guerriers du vieux cheik devraient-ils escalader les falaises ? Beaucoup de ces hommes qui reposent paisiblement sur le sol seraient peut-être morts demain, quand le soleil se coucherait. Mais cela compte-t-il pour eux ? Sont-ils endurcis au point de n'y même pas penser ?

Quant aux chevaux qui broutent tranquillement en inclinant leurs minces encolures, il a fallu des siècles pour constituer leur race et nombre d'entre eux vont aussi tomber avec leurs maîtres. Abou Yakoub ben Ichak les a élevés pour la course et la guerre. C'est la guerre qui s'offre d'abord !

13

LES RENÉGATS

Chevauchant rapidement derrière le Bédouin qui semble pressé de revenir parmi ses camarades, ils atteignent la montagne en moins d'une heure, et leur guide les quitte.

Demeurés seuls, les jeunes gens se regardent.

— Alors, fait Alec, il ne nous reste qu'à attendre.

— Oui, répond Raja. Mais en grimpant tant soit peu dans la montagne, nous pourrions les apercevoir.

Alec l'approuve et pousse son cheval. Ils arrivent bientôt à un petit plateau qui surplombe la plaine. Ils peuvent distinguer au moins le camp d'Abou Yakoub ben Ichak et la petite forteresse d'Abd al-Rahman. Ils s'assoient alors en silence, pensant à la bataille du lendemain.

Le soleil est encore haut dans le ciel quand la main de Raja se pose sur le bras de son compagnon.

— Regarde là-bas, à l'ouest des rochers, lui dit-il, du côté opposé au camp d'Abou Yakoub ben Ichak. N'est-ce pas un homme à cheval qui sort de la citadelle ?

Alec tourne les yeux dans la direction indiquée. Il ne voit rien tout d'abord à cause de la lumière éblouissante du soleil, puis il remarque une silhouette qui se déplace.

— Oui. Maintenant, je le vois.

Le cavalier oblique d'abord vers la limite ouest de la plaine, puis se dirige vers le sud.

— Il vient par ici ! murmure Alec.

— En effet. Il contourne les hommes d'Abou Yakoub ben Ichak qui ne peuvent le voir parce qu'il est trop loin d'eux.

Une heure passe, puis le cavalier descend dans la plaine tout en longeant le bord de la chaîne de montagnes.

— Il ne monte pas comme Abd al-Rahman, fait Raja. Ce n'est pas lui.

— Non, et pas non plus Sagar. Celui-ci a un cheval noir.

Alec ne quitte pas des yeux l'homme qui s'approche en éperonnant sans cesse sa monture. Il est à présent tout près. Et les rênes… il les tient dans la main droite ! Quant à sa main gauche, elle n'est pas visible. Les poings du jeune garçon se crispent.

— C'est Ibn al-Khaldun ! s'écrie-t-il.

Ils emmènent rapidement leurs chevaux derrière un épais buisson. Les montures s'agitent, les oreilles dressées.

— Il faut les calmer, dit Alec en caressant doucement les naseaux de son cheval.

Des bruits de sabots se rapprochent. Ils aperçoivent à travers les frondaisons la tête dodelinante du cheval et la bride de cuir blanc sur son encolure noire. Ibn al-Khaldun s'appuie lourdement sur la selle, ses larges épaules en avant. Il atteint le niveau du plateau et continue à gravir la piste caillouteuse. Les deux amis attendent que le bruit des sabots se soit complètement éteint.

— Où diable a-t-il pu aller ? demande Alec.

— Je ne sais pas. En tout cas, cela monte rudement.

— Suivons-le, nous avons le temps. Et puis, j'ai comme un pressentiment…

— Euh… Bon. Mais il faut faire très attention. D'après ce que tu m'as dit de lui, c'est un homme dangereux.

Ils se remettent en selle et partent sur la piste, Raja en tête. Ils suivent le chemin avec précaution, sans pousser leurs chevaux. Quand ils sont parvenus au sommet, Raja s'arrête et met pied à terre. Il inspecte minutieusement le sol, puis remonte de nouveau. Faisant signe à Alec de le suivre, il quitte la piste et descend dans un petit ravin où une sente bien tracée les conduit à une falaise escarpée. Ils mettent leurs chevaux au pas et Raja, se retournant sur sa selle, dit à son compagnon :

— Je ne pense pas qu'il soit très loin en avant, mais il va falloir redoubler de précautions sur ce nouveau sentier. Beaucoup de chevaux ont passé par ici.

Quelques instants après, la piste se rétrécit en passant sous des rochers qui la surplombent, puis, devenant plus large, elle aboutit à un long canyon. Raja met encore pied à terre.

— Il vaut mieux que j'aille seul en avant, dit-il. Attends-moi.

Le jeune Arabe revient au bout de quelques minutes.

— Il y a devant nous un petit village avec beaucoup d'hommes dedans. Je n'ai pas vu Ibn al-Khaldun, mais je suis certain que c'est là qu'il est allé. Cachons nos chevaux et continuons à pied à travers les rochers. Nous pourrons approcher de très près sans être vus.

Ils avancent lentement dans le canyon, à l'abri de larges rochers. Alec se demande pourquoi des hommes se terrent dans cet endroit perdu. Appartiennent-ils à Abd al-Rahman ? Ibn al-Khaldun est-il venu les retrouver pour leur parler de la bataille imminente ? S'il en est ainsi, il est probable qu'ils attaqueraient les guerriers d'Abou Yakoub ben Ichak par-derrière, le matin suivant.

Alec, redoutant d'être découvert, murmure :

— Montons plus haut. Nous sommes sans doute trop près.

Le jeune Bédouin secoue la tête.

— Non. Ils ne pourront pas nous voir. Le village est caché dans un creux, sous la grande falaise qui le domine. Nous pourrons aller jusque-là sans que quiconque nous aperçoive.

Ils atteignent enfin un large rocher fendu, et, par l'écartement des parois, découvrent le village. Il se compose d'un long alignement de huttes malpropres. Des hommes aux gandouras sales se tiennent par petits groupes. Quelques-uns se querellent, appuyés sur le canon de leur fusil. D'autres, qui ne s'occupent pas de leurs chicanes, mangent avidement en se servant de leur poignard comme couteau.

Derrière la hutte la plus près des jeunes gens se trouve un vaste corral enfermant des chevaux mal soignés avec de longues crinières et des queues plus longues encore.

On aurait dit qu'un vent de sauvagerie et de férocité soufflait sur la vallée. Alec comprend que ces individus doivent être du genre de ceux dont il a entendu parler par M. Coggins et par Raja. Des déserteurs, des fuyards, des indésirables qui ont été chassés de leurs tribus et qui ont eu la chance de sauver leurs têtes. Que font-ils là ? Abd al-Rahman n'est certainement pas tombé assez bas pour entretenir une foule si peu reluisante. Ou alors, quelle en est la mystérieuse raison ?

Un homme sort de la hutte qui se trouve devant le corral.

— Raja ! Voici Ibn al-Khaldun !

Quoique faisant de petits pas, son corps épais se déplace étonnamment vite. Il s'avance vers les hommes du village. Ceux-ci lui lancent des regards mécontents et se mettent à parler bas. Le manchot ne paraît pas le remarquer et passe au milieu d'eux sans dévier de son chemin. Il s'arrête à une courte distance du creux de rocher dans lequel sont tapis les jeunes gens et s'éponge le front avec un mouchoir de soie.

Alec, mal à l'aise, se demande s'il ne les a pas aperçus.

Ibn al-Khaldun se tourne vers les hommes et appelle l'un d'eux d'une voix aussi dure que forte. Il y a un mouvement dans l'un des groupes et l'un des Bédouins accroupis au sol gratte son écuelle de bois avec son poignard qu'il porte à sa bouche, puis, après en avoir essuyé la lame sur sa robe crasseuse, il se dirige vers celui qui vient de crier son nom.

Alec saisit l'épaule de Raja. Le Bédouin qui s'avance vers Ibn al-Khaldun est l'homme qui a volé Black et tué la sentinelle. Celui que cherchent Abou Yakoub ben Ichak et ses guerriers ! Alors, s'il est là, Black doit y être aussi ! Pourtant il n'y a dans le corral aucun étalon qui lui ressemble. Mais peut-être vient-il seulement d'arriver et n'a-t-on pas eu le temps de le mettre avec les autres.

Le son de la voix furieuse d'Ibn al-Khaldun attire de nouveau l'attention des jeunes gens sur le déserteur de la tribu d'Abou Yakoub ben Ichak qui fait des courbettes devant le gras manchot.

Ibn al-Khaldun se penche soudain sur lui et, de son unique main, l'empoigne à la gorge avec une telle force qu'il le soulève de terre. Puis, du même geste, il lui arrache du cou une chaîne qu'il jette derrière lui sur le sol.

Alec tressaille, car il a pu voir qu'il y a, à cette chaîne, la fameuse médaille d'ivoire à l'oiseau !

Tandis que le gros Bédouin morigène le bandit qui s'est jeté à ses pieds, les autres se rapprochent sournoisement avec un visage empreint d'une méchanceté diabolique.

— Raja, que lui dit-il ? murmure Alec.

— Il se plaint que le Bédouin ait désobéi à ses ordres et celui-ci va le payer de sa vie. Il devait rester dans la vallée d'Abou Yakoub ben Ichak jusqu'à la course et retenir Sheïtan pour laisser gagner l'alezan.

Le misérable, les yeux écarquillés d'épouvante, se cramponne aux jambes d'Ibn al-Khaldun et plaide frénétiquement sa cause.

— Il jure, continue Raja traduisant au fur et à mesure, qu'il lui était impossible de retenir Sheïtan, que le meilleur cavalier du monde n'en pourrait venir à bout. Qu'il lui a même fait porter un mors très lourd et que cela n'a servi à rien. Il dit encore qu'il a essayé d'écœurer l'étalon avec une cravache, mais que le cheik est aussitôt devenu soupçonneux. La seule chose qui lui restait à faire était de voler Sheïtan. Est-ce que cela ne valait pas mieux ? Les hommes d'Abou Yakoub ben Ichak ne retrouveraient jamais l'étalon dans le corral du canyon qui est assez grand et assez bien clos pour le garder. Alors, quand le soleil réapparaîtrait, les tribus du vieux cheik et celles d'Abd al-Rahman se battraient. Beaucoup de sang serait versé. Beaucoup d'hommes seraient tués. Et quand la bataille approcherait de sa fin, quand les vainqueurs mêmes seraient épuisés et affaiblis, ils pourraient tous se jeter sur eux avec furie et les massacrer jusqu'au dernier. N'est-ce pas cela qu'il désirait ?

Raja s'interrompt, car Ibn al-Khaldun frappe le Bédouin si brutalement qu'il le jette inanimé sur le sol, puis, se tournant vers les autres, il leur parle en agitant son unique bras. Alec, sans le quitter des yeux, garde son oreille tout près de la bouche de Raja qui reprend :

— Il leur dit maintenant que, par la grâce d'Allah, il est toujours leur chef, et que c'est lui qui pense et dirige tout pour eux. Que quiconque serait encore tenté de désobéir à ses ordres subirait le même châtiment que celui qui est étendu à ses pieds. Ont-ils déjà oublié qu'ils ne sont que des assassins et que, livrés à eux-mêmes, ils ne resteraient pas vivants vingt-quatre heures s'ils sortaient de ce canyon ? Ne se souviennent-ils plus des coups de bâton qu'ils ont reçus à cause de leurs méfaits ? Sont-ils assez aveugles pour ne plus voir leurs figures labourées de cicatrices ? Ne se rappellent-ils pas une fois pour toutes que c'est la peur qui les a poussés vers lui et qu'ils sont venus implorer sa protection contre ceux qui veulent leur faire payer leurs crimes ?

Ibn al-Khaldun ramasse la médaille d'ivoire et l'élève au-dessus de sa tête pour que tous la voient, puis continue.

— Il dit, reprend Raja, qu'ils attendent depuis des années le jour où, comme le phénix, ils s'envoleront avec des ailes larges et puissantes. Mais pour jeter leur emprise sur le désert, il faut d'abord détruire les tribus d'Abou Yakoub ben Ichak et d'Abd al-Rahman. Il l'a déjà dit, il y a vingt ans, aux premiers d'entre eux qui sont venus jusqu'à lui. À ce moment, ils étaient trop peu nombreux et trop faibles pour agir. Mais lui, Ibn al-Khaldun, a bien préparé son plan. N'a-t-il pas tué lui-même le père et la mère, et les guerriers d'Abd al-Rahman dans le désert ? N'a-t-il pas frappé avec le propre poignard d'Abou Yakoub ben Ichak, sachant bien que le jeune fils d'Abd al-Rahman, qui porte le même nom, chercherait à se venger implacablement de l'homme qui avait été le meilleur ami de son père ?

Raja se tourne vers Alec. Tous deux frémissent d'indignation. C'est donc ce misérable manchot qui a soigneusement comploté la destruction des tribus d'Abou Yakoub ben Ichak et d'Abd al-Rahman ! Et si son infâme projet réussissait, sa bande de hors-la-loi pourrait ravager les montagnes et le désert, pillant et tuant sur leur passage !

Mais Ibn al-Khaldun continue et Raja traduit encore :

— Il dit que, si le Bédouin étendu à ses pieds avait suivi ses ordres, l'étalon alezan d'Abd al-Rahman aurait gagné la course, et celui-ci aurait pu prendre les meilleurs chevaux d'Abou Yakoub ben Ichak. Le moment de frapper serait alors venu, car ils avaient bien préparé la mort du jeune cheik. Et, après son décès, lui, qui était le plus proche cousin d'Abd al-Rahman, hériterait de sa puissance. Il lui serait alors facile de les accueillir dans ses tribus, et, mieux montés, ils pourraient plus facilement anéantir le clan d'Abou Yakoub ben Ichak ! Et ainsi de suite jusqu'à ce que tout le district de Kharj soit à eux !

» Mais, maintenant, il lui faut changer tous ses projets, car dans la plaine toute proche, les hommes d'Abou Yakoub ben Ichak et d'Abd al-Rahman vont, dès le lever du jour, se livrer bataille. Certes, ils les attaqueront lorsque le combat sera presque terminé. Mais l'opération ne leur sera pas facile parce qu'ils ne sont pas bien montés en chevaux. Cependant l'attaque se fera avec furie, car il ne faut pas manquer une aussi belle occasion. Ils chercheront d'abord Abou Yakoub ben Ichak et Abd al-Rahman, et, s'ils sont encore vivants, ils leur passeront leurs poignards au travers du corps. De plus, il y en a un autre aussi qu'il faut absolument tuer avant la fin de la bataille. C'est un jeune Bédouin au visage allongé, montant un cheval rouan avec une tache blanche sur le chanfrein.

La voix de Raja tremble soudain et Alec lui saisit vivement le bras, car c'est lui le jeune Bédouin qui monte justement un cheval comme celui que le bandit vient de décrire. Mais leurs yeux ne quittent pas Ibn al-Khaldun.

— Il ne vous sera pas difficile de le reconnaître, reprend-il. Il est plus grand que les autres et les pommettes de ses joues sont plus saillantes. Quand vous arriverez près de lui, dans la bataille, vous verrez qu'il ressemble comme un frère à Abd al-Rahman. Et ce ne sera pas étonnant, car il est son frère, en effet.

Les traits de Raja se crispent, ses lèvres tremblent.

Alec le prend par les épaules.

— Reste calme, lui dit-il. Nous ne pouvons rien faire en ce moment.

— Mais alors, je suis le petit enfant qu'Ibn al-Khaldun n'a pu trouver… pour le tuer !

Sa voix vibre de haine et d'amertume quand il ajoute avec véhémence :

— Cet homme, Alec, est l'assassin de mon père et de ma mère !

— Mais oui, Raja, et il faudra aussi te venger.

Nous en avons assez entendu. Il faut retourner tout de suite prévenir les autres. Tu n'as pas peur ?

— Non, car ni Ibn al-Khaldun ni ses hommes ne me tueront. C'est eux qui vont connaître la peur, eux qui trembleront, à genoux, devant la furie de mon peuple ! Nous allons dire à mon frère ce que nous venons d'apprendre. Et alors, nous reviendrons !

Le manchot retourne vers la hutte suivi de deux Bédouins portant celui qui va expier sa désobéissance. Les autres reforment leurs groupes et bientôt leurs discussions et leurs querelles reprennent.

Les deux jeunes gens sont sortis en rampant de la fente du rocher quand Alec met de nouveau sa main sur l'épaule de son ami.

— Raja, lui dit-il, pars tout seul, tu iras plus vite. Il faut qu'un de nous reste ici.

— Tu veux dire que tu vas remonter le canyon pour chercher le corral dans lequel est enfermé Sheïtan ?

— Cela vaudrait mieux, car Ibn al-Khaldun pourrait le tuer avant l'attaque.

— Je ne crois pas, car il manque de bons chevaux. Il l'a dit lui-même.

— Pourtant, il va tuer le seul homme qui ait pu le monter !

Raja hausse les épaules.

— Reste si tu veux. Je serai de retour ici avec un fort groupe de guerriers avant que la lune ne se lève sur les montagnes. Alors, les hommes d'Ibn al-Khaldun seront endormis. Cela facilitera l'opération.

Raja lui serre affectueusement la main et s'éloigne rapidement.

14

CAPTURÉ !

Après le départ de son ami, Alec se dirige vers le haut du canyon. Il a bien de la peine à marcher en raison des pierres qui jonchent le sol, mais il se sent pris d'une ardeur indomptable, car Black est quelque part derrière ces murailles de rochers et il connaît maintenant la raison de la perfide tentative contre l'étalon. Il sait pourquoi ce misérable manchot a voulu le supprimer. Ayant appris qu'Abou Yakoub ben Ichak était parti pour l'Amérique, il s'était arrangé pour arriver le premier, et il s'en était fallu de peu qu'il ne réussisse à faire mourir Black. Pourtant ce grand cheval n'est qu'un pion bien minime dans la partie aussi ténébreuse que compliquée que joue ce néfaste personnage. Mais Raja est arrivé à temps pour réduire à néant ses machinations.

Raja ! Le frère d'Abd al-Rahman ! On n'a vraiment aucune peine à le croire tant leur ressemblance est frappante, et Alec s'étonne de n'avoir pas déjà pressenti la vérité.

Lorsque le jeune garçon se rend compte qu'il a parcouru assez de chemin pour pouvoir regarder ce qui se trouve dans la partie inférieure du canyon, il escalade un mur de rochers. Dans la nuit tombante, il aperçoit, à un kilomètre environ en contrebas, le village avec les hommes groupés autour des huttes. Puis, il distingue une étroite gorge qui court sur le flanc de la montagne pour se terminer sur un épais mur de pierres qui la barre complètement. Ses yeux s'accoutumant à la lumière déclinante, il voit alors une porte de bois à l'entrée du chemin creux. C'est peut-être là le corral qu'il cherche.

Avisant une sorte de rebord qui longe le canyon et assez large pour qu'un homme y puisse passer, il avance avec précaution. Il lui faut, en effet, être prudent, car il n'y a plus de rochers pour le dissimuler à la vue de ceux d'en bas, et il est possible qu'Ibn al-Khaldun ait posté une sentinelle.

Mais il peut suivre la piste jusqu'au bout sans alerte, et, en descendant des rochers qui forment une sorte d'escalier naturel, parvient à la porte qu'il a aperçue. Comme il l'atteint, il entend des bruits de sabots, puis la tête de Black apparaît au-dessus de la clôture de planches. Le Géant Noir alors se cabre de joie, car il a reconnu son ancien maître.

La première pensée d'Alec est d'escalader la porte, ce qui lui est facile, car elle est formée de barres de bois transversales, mais un sursaut de prudence le fait rester immobile. Il regarde soigneusement tant dans la gorge qu'aux alentours afin de s'assurer qu'il n'y a pas de guetteurs.

Black, frémissant d'impatience, hennit alors puis frappe rageusement des sabots contre la clôture. Il faut le faire taire, car son cri peut avoir éveillé l'attention des gens du village. Il passe le bras entre deux traverses et caresse la robe soyeuse. L'étalon se calme aussitôt et frotte la tête contre sa main.

Il faut agir rapidement, maintenant. La porte n'est fermée que par une simple corde. Alec la détache vite, pousse le lourd battant de bois et saute sur le dos de Black en empoignant son épaisse crinière.

Heureusement, la nuit est venue. Il ne risque pas d'être vu et part dans la gorge en laissant sa monture au pas pour qu'elle ne se heurte pas les boulets contre les aspérités rocheuses. Longeant ainsi la base extérieure du canyon, il s'installe avec le cheval dans le creux de rocher pour profiter de l'obscurité jusqu'à ce que la lune se lève sur les montagnes.

*

* *

Lorsque Raja a quitté Alec, il court jusqu'au bas du canyon sans se soucier d'être aperçu. Quand il arrive à l'endroit où sont cachés les chevaux, il saute sur le dos de son rouan et le pousse des talons malgré l'inclinaison de la pente. Toute expression juvénile a disparu de son visage. Ses yeux brillent de colère. Une force nouvelle tend ses muscles. Il n'est plus le petit serviteur de M. Coggins, l'orphelin qui a été recueilli par pitié ! Non. Il est le frère d'Abd al-Rahman, l'un des puissants cheiks du Kharj, et il aidera son frère à se venger du monstrueux assassin de ses parents !

Le pauvre rouan trébuche parfois et s'agrippe au mors car la nuit est tombée, mais son cavalier le retient d'une main sûre et l'amène dans la plaine où il part au galop.

Aucun feu ne signale l'endroit où est dressé le camp d'Abou Yakoub ben Ichak, mais Raja sait qu'il est là, devant lui, dans l'ombre. Les guerriers attendent l'aurore. Le jeune Arabe pousse davantage sa monture.

Au bout d'une demi-heure, il ralentit son allure car il distingue la masse confuse de la citadelle d'Abd al-Rahman. Les hommes d'Abou Yakoub ben Ichak, bien qu'il ne puisse les voir, ne doivent plus être loin.

Soudain, il entend sur la gauche le déclic aigu d'un chien de fusil et une voix lui crie : « Halte ! » Raja explique à la sentinelle qu'il est de la plus extrême importance qu'il soit conduit aussitôt vers le cheik.

Le Bédouin s'avance alors, à pied, en tenant son cheval par la bride. Il reconnaît tout de suite le jeune homme et le prie de le suivre. Tous deux marchent en silence dans la plaine en traversant plusieurs groupes de guerriers, car, pour éviter une attaque par surprise, Abou Yakoub ben Ichak a multiplié les petits postes autour du camp.

Finalement, la sentinelle lui demande de l'attendre et continue seule. L'homme revient au bout de quelques minutes avec le cheik que Raja reconnaît à sa barbe grise.

D'une voix étranglée par l'émotion, il lui répète, presque mot pour mot, tout ce qu'a dit Ibn al-Khaldun. Abou Yakoub ben Ichak l'écoute sans l'interrompre et demeure silencieux quand Raja a terminé son histoire. Puis, d'un ton calme, il dit au jeune Arabe de le suivre et le conduit vers ses hommes auxquels il donne l'ordre de rallumer les feux et de se rassembler. Alors, saisissant son long rifle, il tire trois coups en l'air. Il monte sur son étalon gris et prend à la main une torche allumée. Enfin, suivi de Raja, il se dirige vers la citadelle.

Ils s'arrêtent bientôt et attendent, éclairés par la torche que le cheik maintient au-dessus de sa tête.

Un assez long moment s'écoule, puis ils entendent des bruits de sabots de chevaux qui arrivent au galop. C'est ensuite le silence. Raja comprend que les cavaliers, redoutant un piège, ont stoppé leurs montures. Puis des bruits de trot retentissent sur la droite et sur la gauche. Enfin un cavalier s'avance vers eux.

La fine tête de Sagar et sa crinière dorée apparaissent à la faible lueur de la torche. Abd al-Rahman a son fusil à la main, prêt à faire feu à la moindre alerte.

— Cet homme est ma propre chair et mon sang ! murmure Raja avec émotion.

Le jeune cheik à la barbe noire s'arrête à quelques pas et son regard rencontre celui d'Abou Yakoub ben Ichak. Celui-ci le met alors au courant de tout cc qu'il vient d'apprendre. Abd al-Rahman l'écoute, les lèvres pincées. Il tourne les yeux vers Raja quand le vieux cheik lui dit que le jeune homme est son frère, mais aucun émoi ne se montre sur son visage.

Quand il a tout entendu, Abd al-Rahman fait cabrer son cheval et grommelle parce que Sagar esquisse des sauts de mouton. Puis il déclare d'une voix dure qu'il veut s'assurer tout d'abord que le cheik dit bien la vérité. Il précise qu'il veut avant tout retourner chez lui, et que si Ibn al-Khaldun ne s'y trouve pas, il rassemblera ses guerriers et partira avec Abou Yakoub ben Ichak et les siens vers le village des pillards dont il vient de lui parler.

Éperonnant alors Sagar qui bondit, il disparaît dans la nuit.

Raja revient avec Abou Yakoub ben Ichak vers le camp où les cavaliers vérifient une dernière fois leurs armes et sellent leurs chevaux. Mais ils n'attendent pas longtemps. Les lueurs de nombreuses torches apparaissent, l'une derrière l'autre venant de la citadelle.

— Les voici, dit alors Abou Yakoub ben Ichak en ordonnant à ses hommes de monter à cheval.

Le fracas des sabots fait résonner le sol et la ligne interminable des torches perce l'obscurité. Raja prend un fusil que lui tend le vieux cheik. Les deux clans, cette nuit-là, marcheront de nouveau ensemble. Le jeune Arabe en éprouve un frémissement de joie. L'heure est venue de venger ses parents, et il chevauchera à côté de son frère dans la bataille, ainsi que leur père l'aurait désiré.

La lune est encore derrière les montagnes. Avant qu'elle ne se lève, il serait dans le canyon. Raja tiendra la promesse faite à son ami Alec.

Alec reprend sa marche mais ne pousse pas l'étalon car la route se rétrécit et les parois rocheuses lui donnent l'impression de se refermer graduellement sur eux. S'il lui faut prendre un autre chemin pour sortir du canyon, il sera bien difficile de le trouver dans cette obscurité.

Soudain le jeune garçon sent Black trembler sous lui. Le grand cheval s'agite, les naseaux frémissants. Alec lui caresse l'encolure pour le calmer. Il y a quelque chose que le petit cavalier ne peut voir. Rien ne bouge pourtant autour d'eux. Il tente d'arrêter Black, mais l'étalon s'obstine à ne pas vouloir rester tranquille, et sans rênes ni bride, il est difficile de lui imposer sa volonté. Alec lui parle doucement en appuyant sa tête sur l'encolure.

Pressentant un danger devant lui, il réussit à faire exécuter un demi-tour à Black pour le ramener dans le chemin d'où ils viennent. Le Géant Noir prend alors un trot rapide et, quand il se rapproche du corral, Alec tente en vain de l'arrêter. Il se penche en avant et lui met une main entre les oreilles. Il faut absolument l'empêcher d'aller plus loin.

Soudain l'étalon fait halte brusquement et se cabre à moitié. Alec se cramponne à la longue crinière. Black s'ébroue et se dirige vers le haut du canyon. Il trotte quelques mètres, puis de nouveau s'arrête net. Sa tête va d'un côté puis de l'autre. Il repart encore, cette fois en direction du mur devant lequel il est bien obligé de s'arrêter. Son grand corps tremble encore devant la haute falaise.

Alec, bien que n'entendant toujours rien, a maintenant la certitude d'un danger, venant du bas comme du haut. Il tapote encore le cou de son cheval. S'ils restent immobiles, ils ont peut-être des chances de n'être pas découverts.

Mais l'étalon s'agite et ses sabots font du bruit sur les pierres. Des minutes s'écoulent, puis Black soudain frappe encore le sol de ses jambes de devant. Alec pense qu'il a dû entendre quelque frottement de sabots. Le cheval fait alors un saut en avant, court quelques mètres vers le nord, puis tourne sur lui-même et se tient de nouveau immobile.

Ce sont bien des bruits de sabots. Il n'y a plus à s'y tromper. Ils viennent du nord… Et aussi du sud ! Et les chevaux qui les ont produits sont à moins de cinquante mètres de lui !

Alec se demande ce qu'il pourrait faire. Il aperçoit alors les silhouettes de trois cavaliers qui viennent vers lui. Black renâcle encore. Quand il repose ses pieds sur le sol, Alec lui laisse toute liberté d'agir.

L'étalon se précipite vers les hommes. Il lui faudrait passer entre eux. Mais où se dirigerait-il ensuite ? Le jeune garçon n'en sait vraiment rien.

Des cavaliers s'avancent vers eux de trois côtés maintenant. Alec pousse Black vers le sud. En quelques secondes, l'étalon, se ramassant sur lui-même, prend le plein galop.

L'un des hommes court sur eux et fait reculer Black contre le mur, les autres s'efforçant nettement de le coincer. L'étalon, s'arrêtant brusquement, se retourne vers le nord, mais avant qu'il ait pu prendre de la vitesse, Alec entend le sifflement d'un lasso dont la boucle s'abat sur l'encolure de l'étalon. Il veut la rejeter mais la corde s'est déjà resserrée. Quelques secondes plus tard, le Géant Noir, d'une détente des reins, projette le jeune garçon sur le sol.

Il y demeure quelques instants, hébété, puis est brutalement remis sur ses pieds. Il voit Black solidement maintenu entre deux cavaliers, et dans le troisième qui se tient devant lui, il reconnaît la méchante figure d'Ibn al-Khaldun. Celui-ci lui dit d'un ton doucereux en mettant pied à terre :

— Tiens… Nous nous rencontrons une fois encore, mon jeune ami ! Je ne m'attendais pas à avoir aussi vite cet honneur… Surtout pas ici. Et je vous assure qu'il est bien malheureux que vous ayez choisi ce moment pour me rendre visite.

Il a un sourire qui laisse découvrir ses mâchoires édentées et continue :

— Car, maintenant, il est indispensable que je vous supprime. Aussi bien vous que ce cheval que vous appelez Black… C'est bien dommage, particulièrement pour vous. Mais pourquoi vous êtes-vous mis en travers de mon chemin ? Il est désolant que quelqu'un d'aussi jeune soit curieux à ce point. Mais je vais y mettre bon ordre !

Ibn al-Khaldun l'a saisi par le bras et ses doigts épais s'enfoncent profondément dans sa chair.

— Vous me suiviez depuis le camp d'Abou Yakoub ben Ichak, n'est-ce pas ? C'est évident. Oui, je vous ai remarqué, là-bas. Mais êtes-vous venu tout seul ? Votre jeune compagnon vous a sans doute accompagné, celui qui était à côté de vous sur un cheval rouan. Allons, parlez ! Il vaut mieux que vous vous y décidiez tout de suite.

— Vous voulez parler du frère d'Abd al-Rahman ? lance Alec avec mépris. Non, je suis venu seul.

Le jeune garçon fait une grimace de douleur, car la poigne solide d'Ibn al-Khaldun resserre encore son étreinte.

— Oui, reprend le manchot toujours en souriant, vous avez découvert bien des choses. À présent, vous en savez trop, mon bel imprudent. Vous m'avez entendu parler à mes hommes et vous n'allez pas me faire croire qu'en si peu de temps vous avez appris assez d'arabe pour bien comprendre toutes mes paroles. Évidemment non. Vous étiez accompagné par un autre. Par ce jeune Bédouin, votre ami… Parlez, mon cher, ou, quoique je n'y attache aucune importance, vous vous rendrez compte qu'il est très désagréable de perdre un bras, de cette façon… Comme cela m'est déjà arrivé à moi-même !

La pression des doigts devient encore plus brutale et le visage d'Alec se crispe de douleur.

— C'est curieux, n'est-ce pas, mais j'ai dû déjà employer cette méthode pour obtenir des renseignements sur le jeune frère d'Abd al-Rahman. Ce fut sur la nourrice du petit enfant, que nous avions trouvée seule dans le désert après avoir… hum… disposé du père et de la mère. Elle était trop obstinée, tout comme vous. Elle n'a pas voulu nous dire où elle avait laissé le jeune bébé. Malheureusement elle est morte très vite, pendant que je… l'interrogeais. Ah ! c'était une vieille femme. Voyez-vous, elle n'a pas pu supporter la souffrance.

Ibn al-Khaldun se tait un instant pour jouir de son effet, puis continue :

— Vous êtes surpris, n'est-ce pas, que j'aie pu reconnaître le frère d'Abd al-Rahman dans la plaine ? Je vais vous dire comment j'ai pu le faire et cela vous montrera à quel point je sais être impitoyable. Voici. Il y a quelques années de cela, à Haribwan, j'ai vu un petit garçon qui ressemblait justement à Abd al-Rahman, d'une façon surprenante. Je me suis livré à quelques enquêtes et j'ai pu me rendre compte que je ne me trompais pas. Le bambin était bien son frère, car il avait été trouvé dans le désert quelque temps après notre expédition. De plus, il portait une marque de naissance que j'étais un des seuls à connaître. Oui, un petit grain de beauté derrière le lobe de l'oreille gauche. Mais j'ai voulu être magnanime. J'ai décidé que, s'il ne retournait pas au désert, je le laisserais bien tranquille. Oui, n'est-ce pas, il était inutile de le supprimer aussi longtemps que ceux qui connaissaient son frère n'auraient pas deviné qui il était. Mais, à présent qu'il est revenu, tant pis pour lui. Il mourra ! Et nous allons le trouver, mon jeune ami, car il ne peut plus sortir du canyon.

Alec, tremblant de rage et d'indignation, a encore la libre disposition de sa main droite. Il se jette sur le côté et décoche un violent coup de poing au creux de l'estomac du ventripotent Ibn al-Khaldun. Celui-ci rugit de douleur, mais tord si violemment le bras du jeune garçon que les jambes de celui-ci se dérobent sous lui. Il sent ses forces l'abandonner, d'autant plus que sa chute de cheval l'a déjà affaibli. Sauvagement, le Bédouin accentue encore sa pression. Alec, près de défaillir, l'entend lui dire d'une voix rauque :

— Vous parlerez, mon jeune ami, ou je vous arracherai le bras et vous pourrez l'emporter comme souvenir.

Le pauvre garçon sent contre son visage la respiration sifflante de son ennemi. Tout devient flou autour de lui. Il distingue vaguement la tête de Black, son long cou blanc d'écume, puis il perd presque la notion des choses.

Il a l'impression bizarre d'être suspendu en l'air. Des cercles lumineux tournoient dans le ciel. Puis cette vision se transforme et il croit apercevoir la lune. Raja lui a dit que lorsqu'elle se lèverait, il serait de retour avec de nombreux guerriers. Mais il voit près de lui Ibn al-Khaldun… et aussi Black qui tire sur son mors. Rêve ou réalité ? Il tente de se relever, mais est rejeté en arrière. Il pense au sable qui lui brûle les pieds… au désert… De l'eau, il veut de l'eau. Raja en avait… Il en faisait sortir de l'estomac du chameau… Il en buvait… C'était quand même bon !

Alec ouvre enfin les yeux. Au-dessus de lui, le ciel est parsemé d'étoiles. Tournant la tête, il remarque le visage d'un homme qui lui tend un bidon d'eau. Derrière lui, il y a deux autres personnages… et Black. Soudain tout lui revient. Ibn al-Khaldun… et son bras qui lui fait mal. Une fois de plus, il essaie vainement de se relever.

Ibn al-Khaldun se penche sur lui.

— C'est bien dommage que vous ne soyez pas plus résistant à la douleur, lui dit-il. Mais vous avez encore votre bras. J'ai pensé à une façon plus intéressante de vous faire mourir. Une dont on ne pourra pas soupçonner la machination !

Il prend alors Alec par le bras droit et le tire pour le remettre sur ses pieds. Le jeune garçon chancelle puis retombe sur son bourreau, mais peu à peu ses forces lui reviennent. Il se sent poussé vers les cavaliers puis hissé sur le dos de Black. Ce dernier s'efforce en vain de se dégager, mais les Bédouins ont des mains solides et tiennent la corde du lasso serrée autour de son cou.

Ibn al-Khaldun se remet en selle et lui dit :

— Cet amour que vous avez pour Sheïtan vous a fait parcourir des milliers de kilomètres. Il est donc naturel que vous l'accompagniez dans la mort.

Alec empoigne la crinière de Black de sa main valide. Sa tête se décongestionne à l'air frais de la nuit. Il observe silencieusement la figure diabolique du manchot. Quelle nouvelle cruauté prépare encore ce misérable ?

— Vous vous demandez ce qui va vous arriver, n'est-ce pas ? C'est bien simple, et vous avez de la chance car votre mort sera rapide. Il est vraiment dommage que je n'y puisse consacrer plus de temps, mais il nous faut retrouver votre ami dans le canyon, et, comme tout doit être terminé avant l'aube, il nous reste encore pas mal de travail.

Il s'interrompt un instant, toussote, puis reprend :

— Tout près d'ici se trouve une jolie falaise. Elle domine de plus de cent mètres les rochers qui sont au-dessous. Nous allons vous faire passer, avec le cheval, par-dessus le rebord. Ce sera une fin bien agréable, n'est-ce pas, car vous partirez tous les deux pour l'éternité.

Se retournant vers ses hommes, il leur donne des ordres en arabe, puis part devant eux pour remonter le canyon.

Les Bédouins avancent péniblement. Ils doivent faire de violents efforts pour maintenir leurs montures qui ont peur de Black et auraient refusé de marcher sans les éperons acérés qui leur labourent les flancs.

Alec fait appel à toute son énergie. Il se raidit. Monté sur son Géant Noir, il sent en lui une force nouvelle. Un picotement dans son bras meurtri lui fait sentir que le sang recommence à circuler. Comme il réussit à le remuer, la confiance lui revient et il réprime un sourire. Non, ni Black ni lui ne mourraient comme l'a résolu cet infâme Ibn al-Khaldun. Celui-ci paierait cher pour ses crimes et sa cruauté ! Se retournant, il aperçoit une faible lueur derrière les montagnes. La lune va se lever enfin. S'il pouvait seulement gagner du temps !

Alec appuie son talon droit sur le flanc de Black. Reculant soudain, l'étalon fait un tel bond qu'il arrache de leurs selles les Arabes stupéfaits. Ibn al-Khaldun revient précipitamment sur le Géant Noir qui décoche une telle ruade dans le flanc de son cheval que l'animal hennit de douleur. Mais les Bédouins, redoutant plus encore le courroux de leur chef que la violence de Black, sautent de nouveau en selle et éperonnent si durement leurs montures terrifiées qu'ils les ramènent contre le révolté et peuvent s'emparer de nouveau de la terrible corde.

Ibn al-Khaldun, furieux, invective ses Bédouins et vient se placer derrière Alec.

— Vous approchez de l'éternité, jeune homme ! crie-t-il narquois.

Les falaises sont à moins de cinquante mètres devant eux et, de l'autre côté, la lune apparaît sur les montagnes.

Les Arabes pressent leurs montures contre Black et le poussent vers l'endroit d'où il va être projeté dans le vide.

— Voici le moment de prier votre Dieu, lance le manchot. Vous n'avez plus que quelques secondes à vivre !

Les Bédouins harcèlent leurs chevaux. Encore quelques pas et ils laisseraient tomber leurs lourdes cravaches sur la croupe de Black pour le faire sauter du haut de la falaise !

Alec regarde leurs mains qui tiennent la corde. Quand ils la lâcheraient pour lever leurs cravaches, il y aurait une fraction de seconde pendant laquelle le Géant Noir ne serait plus maintenu que par la pression des autres chevaux. Ce serait le moment d'agir… La seule chance de se rendre libre…

Les Bédouins tiennent toujours le lasso. Un claquement sec retentit. Black, qui a reçu un violent coup de fouet, bondit en avant.

C'est Ibn al-Khaldun qui l'a frappé !

15

LA REVANCHE

Comme Black bondit, les Bédouins lâchent la corde et le frappent aussi de leurs cravaches. Sous ces nouveaux coups, l'étalon se cabre et retombe violemment sur le cheval de gauche qui s'effondre avec son cavalier. Alec se cramponne de toutes ses forces à la longue crinière et cherche à l'éloigner. Mais la sauvagerie de Black est déchaînée et il s'acharne sur ceux qu'il vient de renverser, les écrasant sous ses sabots par des sauts de mouton répétés.

Soudain, une violente fusillade éclate et le claquement sec des armes à feu se répercute dans le canyon. La lune brille sur les montagnes ! Raja et les cavaliers des tribus sont arrivés. Le manchot se retourne sur sa selle pour essayer de voir ce qui se passe.

Black, à ce moment-là, est redevenu immobile. Les naseaux frémissants et les oreilles dressées, on aurait dit qu'il flairait le vent.

Il n'y a plus un instant à perdre. Enfouissant sa tête dans la crinière, et se couchant le plus possible sur l'encolure, Alec le talonne vigoureusement. Le cheval noir, comme poussé par un ressort géant, se précipite en avant et passe devant Ibn al-Khaldun. Celui-ci, pris à l'improviste, fait feu, mais la balle passe au-dessus de leurs têtes.

Black a parcouru une centaine de mètres quand la fusillade cesse de se faire entendre. L'étalon glisse sur le terrain en longues foulées, ses sabots claquant sur les pierres. Alec tente de le calmer en lui parlant aux oreilles et en caressant son encolure.

Comme ils descendent vers le village, des cris furieux retentissent. Black ralentit son allure et Alec peut distinguer l'alignement des huttes. Il réussit alors à apaiser son cheval qui prend le trot puis se met enfin au pas. Les cris cessent alors et de hautes silhouettes apparaissent dans la nuit moins sombre. L'étalon noir lance son cri strident et d'autres hennissements lui répondent.

Un cavalier s'approche enfin et Alec distingue le cheval gris d'Abou Yakoub ben Ichak. Il l'appelle, craignant que le cheik ne le confonde avec l'un des brigands d'Ibn al-Khaldun, mais le chef le reconnaît ainsi que Sheïtan, et ses traits se détendent.

— Je suis bien heureux que vous soyez sain et sauf, Alec, lui dit-il. Mais Ibn al-Khaldun ne se trouve pas parmi nos prisonniers. L'avez-vous vu ?

Le jeune garçon lui fait un rapide exposé de ce qui vient de se passer, et, quand il a terminé, le cheik éperonne son cheval.

— Suivez-moi ! crie-t-il.

Ils rejoignent alors les guerriers des deux clans qui forment un large cercle autour de la foule piteuse des partisans d'Ibn al-Khaldun vaincus. Abd al-Rahman vient alors vers Abou Yakoub ben Ichak, mais comme l'étalon alezan montre les dents en voyant Black, le cheik fait signe à Alec de s'éloigner.

Raja apparaît alors sur son rouan.

— Alec ! s'écrie-t-il, tout s'est bien passé pour toi ?

— Oui, pas trop mal. Mais tu es arrivé juste à temps !

Il conte à son ami les détails de son aventure et ajoute qu'Ibn al-Khaldun est quelque part, là-haut, au-dessus du canyon.

Raja, suivi d'Alec, va trouver Abou Yakoub ben Ichak.

— Mon frère va à la recherche d'Ibn al-Khaldun. Ne désire-t-il pas que j'y aille avec lui ?

— Non. Il préfère que vous restiez avec moi. Vous devez vous douter de tout ce que je lui ai entendu dire, tant à votre sujet qu'à celui de Sheïtan. Mais je voudrais qu'Alec ramène le cheval à notre résidence. Quelques-uns de mes hommes l'accompagneront et il n'aura rien à craindre.

— Comme vous voudrez, monsieur, dit le jeune garçon. Mais j'aurais préféré être avec vous et Raja.

— Non, allez là-bas. Cela vaut mieux.

Il désigne de la tête les hommes d'Ibn al-Khaldun.

— Nous entendrons leurs explications, certes. Mais comme ils sont tous des pillards et des assassins, ils vont être traités comme ils le méritent !

*

* *

Trois jours plus tard, Alec, qui monte Black, arrive avec son escorte à la fissure des rochers marquant l'entrée du domaine d'Abou Yakoub ben Ichak. Le retour a été rapide car les cavaliers étaient pressés de retrouver leurs familles, tout comme le jeune garçon l'était de revoir Henry et M. Volence. Et aussi Tabari qui apprendrait certainement avec joie la fin de la déplorable haine entre son père et Abd al-Rahman.

Quand il descend dans la vallée, Black aperçoit un petit groupe de poulains et piaffe nerveusement en lançant son cri strident. Aussitôt tous les chevaux prennent le galop pour venir à sa rencontre. Les Bédouins se dirigent directement vers leurs maisons et Alec talonne son cheval qui dévale la pente à une vitesse foudroyante dont son cavalier s'émerveille. Il est vraiment plus rapide que jamais. C'est de bon augure.

Ils arrivent ainsi devant la vaste demeure. Tabari est devant le perron avec sa pouliche blanche Johar.

La jeune fille regarde Alec avec des yeux inquiets quand il met pied à terre pour la saluer.

— Pourquoi êtes-vous revenu avec si peu d'hommes ? demande-t-elle vivement. Et mon père… où est-il ? Qu'est-il arrivé ?

— Tout va bien. Il n'y a rien de cassé, bien au contraire. Votre père sera de retour dans quelques jours. J'ai une masse de choses à vous dire, mais il faut d'abord que je m'occupe de Black. Il a besoin d'un bon pansage après le dur chemin que nous venons de parcourir.

— Vous l'avez trouvé alors chez Abd al-Rahman ? reprend-elle avec des yeux attristés.

— Non, Tabari. Ce n'était pas lui qui l'avait volé. Mais il vaudra mieux que je vous raconte l'histoire depuis son début. Veuillez appeler Henry et M. Volence, et je vous rejoindrai à la bibliothèque dans quelques minutes, quand je reviendrai des écuries.

16

LA PLAINE D'ANDULLA

Après le dîner auquel a présidé une bonne humeur inaccoutumée dans la somptueuse demeure, la jeune Tabari précède ses hôtes dans la grande véranda. Alec remarque que ses yeux sont plus brillants que jamais. Elle se retourne alors vers eux et leur dit avec un charmant sourire :

— Je vous laisse, messieurs. Vous avez probablement encore bien des choses à vous dire.

« C'est plutôt elle qui désire être seule », se dit Alec en souriant à son tour.

Henry, qui pense sans doute la même chose que lui, lui frappe sur l'épaule.

— Tu dois comprendre aussi bien des choses, dit-il.

— Ma foi, il me semble, en effet, que je n'ai pas été le seul à avoir de la chance, répond-il en riant.

Mais le visage de M. Volence demeure sombre.

— Il est heureux que vous soyez jeune et que vous puissiez rire de tout cela, lui dit-il. C'était pourtant une affaire sérieuse et je rends grâces à Dieu de ce que vous vous en soyez aussi bien tiré. Et votre bras, vous êtes sûr qu'il va bien ?

— Certainement. Regardez avec quelle facilité je le soulève. Encore quelques jours et il sera aussi solide qu'avant.

Henry s'assoit sur la balustrade et reprend :

— Crois-tu qu'ils éprouveront beaucoup de difficultés à courir après Ibn al-Khaldun ?

— J'espère que non, car c'est un individu sans scrupules et une abominable canaille. Il faudrait qu'il fasse vite pour échapper à Abd al-Rahman et à ses cavaliers.

Alec tire de sa poche la médaille d'ivoire.

— Alors, c'était bien le phénix ? lui dit M. Volence.

— Oui. Ils l'avaient pris pour symbole. Comme le phénix, Ibn al-Khaldun espérait s'élever au pouvoir.

— Le pouvoir de piller et de massacrer ! gronde Henry.

Ils s'installent dans de grands fauteuils et demeurent quelques minutes silencieux. Enfin M. Volence relève la tête.

— Je ne suppose pas que Raja revienne à Haribwan, dit-il.

— Non, répond Alec. Il préférera rester avec son frère.

— La vie réserve parfois des surprises, fait sentencieusement Henry. Attendons de voir la tête de votre ami Coggins quand vous lui direz que son boy est devenu le frère d'Abd al-Rahman !

Alec les regarde tous les deux avec une certaine anxiété.

— Vos paroles semblent vouloir dire que nous n'allons pas tarder à repartir ?

— Il le faudra bien, mon petit, dit M. Volence tout en ajoutant avec un sourire : Mais nous ne nous en irons pas avant la course.

— Tabari m'a dit qu'elle était certaine que son père nous faciliterait considérablement le retour, ajoute Henry.

Il bourre sa pipe, l'allume, puis continue :

— Si Black gagne, peut-être Abou Yakoub ben Ichak nous laissera-t-il un couple de chevaux, comme te l'a dit la jeune fille. Tu t'en souviens ?

— Oui, je le crois aussi. Mais dans combien de temps la course aura-t-elle lieu ?

Son regard se porte vers la lune qui est assez basse sur la vallée. C'est le dernier quartier et l'apparition de la nouvelle lune ne tarderait pas.

— Tabari nous a dit que ce serait dans trois jours à partir de demain.

— Mais alors, Henry, fait Alec, si Abou Yakoub ben Ichak ne revient pas avant et Abd al-Rahman non plus ? Rien ne nous dit où les mènera leur chasse d'Ibn al-Khaldun, ni combien de temps elle leur prendra.

— Nous avons évoqué cette question avec Tabari. La jeune fille nous a déclaré qu'aucun d'eux ne manquerait la date fixée, et elle s'est montrée très affirmative.

Alec va s'asseoir sur la balustrade à côté de Henry, puis s'adressant à M. Volence, il lui demande :

— Avez-vous songé qu'Abou Yakoub ben Ichak n'a plus de cavalier pour la course ?

— Oui. J'en parlais encore tout à l'heure à Henry.

— En ce cas, croyez-vous qu'il y ait une chance que je puisse le monter ?

Henry se lève pour répondre :

— Cela, mon cher, c'est à toi que nous allions le demander. Abou Yakoub ben Ichak t'a bien confié Black pour le retour. N'est-ce pas ? C'est toi qui le lui as ramené du corral d'Ibn al-Khaldun.

Il me semble difficile qu'il ne te le propose pas. Car enfin, qui d'autre que toi pourrait conduire ce Géant Noir à la victoire ?

Alec frissonne à la pensée de pouvoir monter son cheval dans la course contre Sagar. Jamais encore on n'aurait vu une épreuve semblable !

— Peut-être…, murmure-t-il.

*

* *

Deux jours plus tard, le cheik revient avec ses cavaliers. Comme il s'approche de la maison sur son cheval gris, Alec remarque que son visage est grave. Tabari se précipite vers lui sitôt qu'il a mis pied à terre et jette ses bras autour de son cou. Les traits du chef s'éclairent un instant, puis redeviennent préoccupés.

— Est-ce qu'Ibn al-Khaldun a été capturé ? lui demande Alec.

— Hélas ! Abd al-Rahman est revenu sans lui. Quand je suis parti, ses hommes le cherchaient encore. Mais ils seront tous de retour pour la course. Ensuite nous repartirons et, par Allah ! le soleil ne se couchera pas avant que nous ayons mis la main dessus !

Une heure après, un serviteur vient prévenir Alec que le cheik le demande dans sa chambre. Quand le jeune garçon y pénètre, Abou Yakoub ben Ichak, pensif, regarde à la fenêtre. Puis il se retourne et dit d'une voix calme :

— Je voudrais savoir, Alec, si vous consentiriez à monter Sheïtan dans la course d'après-demain ?

Le sang monte au visage du jeune garçon.

— Comment ? Mais bien sûr que oui. C'est ce que j'avais toujours espéré !

Le cheik sourit en voyant son enthousiasme, puis son visage redevient sérieux.

— Ce ne sera pas une épreuve facile. Les meilleurs chevaux d'Arabie y participeront et les hommes qui les monteront sont les plus renommés de nos cavaliers.

Alec fait un signe de tête approbatif, puis se rassoit.

— Qui sera sur Sagar ? demande-t-il.

— Abd al-Rahman, car nul autre que lui ne l'a jamais monté. Et il faut que Sheïtan soit au mieux de sa forme pour affronter cet alezan dont je connais la vitesse et l'endurance.

Le visage d'Alec a perdu son expression puérile. Il réfléchit intensément. Certes, il a toute confiance en Black, mais, dans une telle épreuve, il y a toujours des aléas.

— Quelle sera la distance ?

— Quatre miles (six kilomètres cinq cents), dit Abou Yakoub ben Ichak.

— Et le terrain ?

— Varié. Des plaines herbeuses, du désert, des pistes rocheuses de montagne, puis du terrain plat couvert de broussailles. Cette course a été créée pour que notre peuple puisse éprouver non seulement la vitesse et la résistance des chevaux, mais aussi leur cœur et leur courage.

Alec demeure un instant silencieux, puis affirme :

— Pour ce qui est du cœur, Black… je veux dire Sheïtan, n'en manque pas.

— Oui, je le crois aussi. Il l'a reçu avec le sang de sa race, et je ne pense pas qu'il nous causera une déception.

Le cheik retourne à la fenêtre.

— Mon peuple fête ce soir l'annonce de la course. Tous ces gens ont une foi inébranlable en Sheïtan et ils engageront de nombreux paris avec ceux des autres tribus. Nous ne devons plus être battus comme nous l'avons été dans les courses précédentes !

Il revient vers Alec et ajoute :

— Nous partirons demain matin, et, avant le coucher du soleil, nous arriverons à la plaine d'Andulla où l'épreuve doit avoir lieu. Je sais que nos amis désirent y assister. Aussi veuillez les en avertir.

Alec, cette nuit-là, ne trouve pas facilement le sommeil. De toutes les maisons de la petite agglomération s'élèvent des chants joyeux. Il sait ce que la victoire représenterait pour Abou Yakoub ben Ichak et pour sa tribu. Un sourire illumine son visage lorsqu'il se souvient que Henry lui a dit en apprenant qu'il devait monter Black dans cette course sévère :

— C'est la gloire, ça, Alec. Tu es le gosse le plus veinard qui ait jamais mis le pied à l'étrier !

Alec se tourne sur le côté. Il a confiance en son cheval autant qu'en lui-même. Oui, il est bien le gosse le plus veinard… comme l'a dit Henry.

Il ferme alors les yeux et s'endort.

*

* *

La longue file des cavaliers s'étend à mi-chemin du bas de la vallée. En tête chevauche d'abord Abou Yakoub ben Ichak sur son étalon gris. À côté de lui, mince et droite, vient Tabari sur Johar. Alec, sur un cheval bai, conduit Black par la bride, suivi de M. Volence et de tous les hommes de la tribu accompagnés de leurs familles. Toutes les montures ont des selles aux tapis de couleurs éclatantes et des brides multicolores. Quelques-uns des cavaliers portent des lances fleuries et même des boucliers chamarrés. Leurs rires et leurs cris accompagnent le trot des chevaux.

Le voyage n'est pas pénible, car la piste qui les conduit au désert est excellente.

Il fait encore jour quand Tabari, se retournant sur sa selle, appelle Alec.

— Voici devant nous la plaine d'Andulla, lui dit-elle.

Le jeune garçon gravit alors un monticule et voit la grande étendue broussailleuse qui se présente devant eux. De longues files de caravanes pavoisées comme la leur se dirigent vers l'ouest de la plaine.

— Nous y sommes donc, se dit le jeune garçon en poussant le trot de son bai pour rester à la hauteur des autres.

Black trottine à son côté, très à l'aise, les oreilles dressées.

Le trafic devient plus intense quand ils se joignent aux autres caravanes de la plaine.

Quelques Bédouins, à pied, chantent à pleine voix. Un autre groupe, de gens plus jeunes sans doute, danse et cabriole. Un vieux Bédouin à la face ridée examine l'étalon noir, puis ses yeux bruns et brillants sous les paupières mi-closes se retournent vers Alec.

— C'est Sheïtan ? lui demande-t-il d'une voix de fausset.

Le jeune garçon répond par un signe de tête. Le Bédouin se met alors à piétiner jusqu'à ce qu'il soit presque enveloppé d'un nuage de poussière, puis pousse un cri perçant pour appeler ceux de son groupe. Ils arrivent en courant pour regarder le cheval, mais plusieurs cavaliers de la tribu d'Abou Yakoub ben Ichak s'interposent pour les empêcher d'en approcher. Finalement le cheik donne l'ordre à la colonne d'accélérer et les curieux restent en arrière.

Ils atteignent bientôt le camp principal, sur la lisière du désert. Des hommes, des femmes et des enfants, garçons et filles, sont déjà là. Il y en a des centaines. Quelques-uns dressent les tentes, d'autres se pressent autour des feux de cuisine. Tous attendent l'heure de la course.

Le cheik conduit sa troupe à l'écart de cette multitude bruyante, et, sur leur passage, de nombreuses voix acclament Sheïtan.

Le sang d'Alec bouillonne dans ses veines. Il s'émerveille du calme d'Abou Yakoub ben Ichak et de Tabari qui le précèdent. Quant à lui, étranger parmi ce peuple, il se sent plus près de Black que jamais et se penche sur sa selle pour caresser l'encolure noire.

Quel serait le résultat de la course du lendemain ?

17

LA GRANDE ÉPREUVE

Quand Alec s'éveille, le lendemain matin, il s'aperçoit que beaucoup d'autres tribus sont arrivées au cours de la nuit. Il voit les Bédouins autour de leurs feux de cuisine, qui poussent des cris discordants. Il y a de l'animation partout. Un grand nombre de spectateurs bruyants sont déjà installés autour de l'endroit où serait donné le départ. Le jeune garçon se sent alors plein de fougue et d'énergie. Il lui tarde que la course commence !

Il secoue la tête en souriant quand l'un des serviteurs du vieux cheik vient lui présenter le petit déjeuner. Il n'a vraiment aucune envie d'absorber quoi que ce soit, et, comme un petit groupe de

Bédouins se trouve autour de Black, il se dirige vers eux.

Abou Yakoub ben Ichak vient vers lui dès qu'il l'aperçoit.

— Ce ne sera pas long, lui dit-il. Le départ sera donné avant que le soleil devienne trop chaud.

— Je suis fin prêt, répond Alec. Et Black, il va bien aussi ?

— J'en ai l'impression. Mes hommes maintiennent les curieux à distance. Il donne quelques signes de nervosité, mais il fallait s'y attendre.

» Je n'ai pas d'instructions à vous donner. Montez Sheïtan comme vous le jugerez convenable. Mais rappelez-vous bien que l'homme qui va être sur Sagar connaît à fond le terrain. C'est pourquoi il sera sans doute préférable que vous ne preniez pas la tête. Vous avez étudié la carte du parcours que je vous ai remise hier soir ?

— Oui, soyez tranquille, je l'ai examinée très soigneusement.

Alec sait déjà comment il mènera sa course. Dans le secteur montagneux, les autres auraient l'avantage à cause de leur habitude du parcours. Mais il ferait la course d'attente. Il tiendrait Black tout près des leaders jusqu'à ce qu'ils arrivent en terrain plat. Là, à travers le désert et la plaine broussailleuse, commencerait vraiment l'épreuve.

L'étalon noir rattraperait certainement le terrain perdu quand il lui demanderait de fournir son effort.

Le roulement rythmé des tambours résonne soudain dans la plaine, couvrant les voix des Bédouins. Les femmes se mettent à chanter et à battre des mains. De leur côté, les hommes dansent en sifflant et en criant, tandis que le martèlement de leurs pieds soulève du sol des petits nuages de poussière.

— Venez, lui dit Abou Yakoub ben Ichak. Le moment approche.

Alec le suit vers le petit groupe qui s'ouvre pour les laisser passer. L'étalon noir est déjà sellé et bridé.

Le jeune garçon vérifie le serrage de la sangle, puis la position des brides, et, caressant l'encolure, remonte jusqu'à la tête fine. Black le pousse doucement des naseaux.

Henry pénètre dans le cercle, suivi de M. Volence.

— Nous sommes allés examiner les autres, dit-il. Ce sont les plus superbes types de chevaux que j'aie jamais vus.

— C'est vrai, Alec, approuve l'éleveur américain. Il faudra vraiment tirer le maximum de Black aujourd'hui.

— Je m'en charge ! réplique le petit bonhomme plein de confiance en ôtant sa chemise pour monter, le torse nu.

Les roulements des tambours s'intensifiant, Abou Yakoub ben Ichak vient lui mettre la main sur l'épaule.

— Voici l'instant, fait-il à voix basse.

— À votre disposition.

Henry s'approche.

— C'est à moi de te mettre en selle, petit. Cela nous portera chance une fois de plus.

Le jeune garçon replie le mollet gauche et son ami le soulève comme une plume et le dépose sur le dos de Black, puis raccourcit les étrivières de façon que les genoux d'Alec soient juste à la hauteur des épaules du Géant Noir. La selle a été lestée de plomb pour compenser la légèreté du cavalier et Black porte un poids égal à celui des autres.

Les Bédouins se regardent, étonnés, et discutent à voix basse. Comment peut-il se faire que, pour monter Sheïtan, on ait pris ce gosse qui a le torse nu et utilise des étriers aussi courts ? Vrai, par Allah, le cheik Abou Yakoub ben Ichak doit avoir perdu la tête ! Quelle chance a maintenant le cheval noir contre un étalon grand comme Sagar, dont les jambes puissantes d'Abd al-Rahman enserrent les flancs ? Ils courent vers les hommes de la tribu d'Abou Yakoub ben Ichak pour essayer de leur faire comprendre que, dans ces conditions, c'est pure folie de miser sur Sheïtan.

Le cheik, tenant l'étalon noir par la bride, montre à Alec une tente, à l'écart des autres, devant laquelle un vieillard est accroupi.

— Voici le cheik Abdullah ben Brahim, lui dit-il. Il a vu plus de courses que nous tous et c'était un grand ami de mon père. C'est lui qui va donner le départ et sera aussi le juge d'arrivée puisque la grande boucle se termine ici.

Alec regarde le vieil Arabe qui se lève et s'avance vers eux. Il n'a guère plus d'un mètre cinquante de haut et son visage est profondément ridé. Un voile rouge lui couvre la tête et retombe sur la gandoura flottante qui drape la minceur de son corps. Il lève la main et aussitôt les danses et les chants cessent, le silence règne sur la plaine d'Andulla et il marche à petits pas vers la ligne de départ.

Quand le vieillard s'est de nouveau accroupi sur l'herbe, Abou Yakoub ben Ichak se retourne vers Alec.

— Nous pouvons y aller, maintenant.

Ils se dirigent vers la piste. Les Bédouins se pressent de chaque côté, formant de véritables murailles humaines sur le début du parcours.

Black secoue doucement la tête et joue avec son mors, mais ses oreilles se dressent quand il voit arriver les autres concurrents. Il y en a cinq qui sont tous dans une forme superbe. Le plus près de lui est Sagar dont la crinière dorée étincelle dans le soleil matinal. Il fait un écart en apercevant Black. Abd al-Rahman sourit et lève sa cravache, puis le fait avancer entre la double ligne des spectateurs qui l'acclament.

— Ça, c'est un cheval ! murmure le vieux cheik en admirant sportivement la monture de son concurrent. Il va y avoir une belle lutte !

Il abandonne alors la bride du Géant Noir.

— À vous, maintenant, Alec... À vous et à Sheïtan ! ajoute-t-il.

Le jeune garçon le remercie d'un sourire rassurant et salue de la main M. Volence et Henry qui le suivent. Il raccourcit alors les rênes et se penche en avant sur la selle tout en allant vers la ligne de départ. S'entendant appeler, il tourne la tête et voit que c'est Raja.

— Je te souhaite bonne chance, lui dit le jeune Arabe tout en courant à côté de lui.

— Même avec ton frère dans la course ? objecte Alec malicieusement.

— Euh... Oui, car j'ai parié avec lui que Black battrait Sagar. Va vite, les autres t'attendent.

Comme il approche des concurrents, Black

est pris d'un léger tremblement et lance son hennissement strident. Les autres chevaux, soudain inquiets, s'agitent en montrant les dents.

Le vieux cheik Abdullah se lève et fait signe à Alec d'avancer encore. En voyant l'étalon noir près de lui, Sagar se cabre, et Abd al-Rahman le fait reculer de quelques pas pour le ramener ensuite.

Le jeune garçon, se levant sur les étriers, caresse le cou de Black en lui parlant. Le cheval l'écoute en tournant les oreilles et redevient tout à fait calme.

Abdullah ben Brahim lève les mains quand Black arrive sur sa ligne et sourit à son cavalier, puis il s'assure que les autres sont tout à fait prêts.

Les spectateurs se sont tus. Seul le piétinement des sabots brise le silence. La transpiration commence à couler sur le visage du jeune garçon. Il serre les genoux sur les épaules de Black… Plus que quelques secondes… On aurait dit que l'étalon a compris, car il cesse de piaffer et ses oreilles se redressent encore.

La main du vieillard s'abaisse.

Les chevaux partent comme des flèches. Alec entend les cris des Bédouins, puis plus rien que le claquement des sabots. Il ne sent plus que la crispation des muscles de Black entre ses genoux.

Il ne voit plus que le terrain qui glisse sous lui en longues vagues.

Sagar, le plus rapide au départ, prend la tête. Alec, heureux de le voir mener, amène l'étalon noir à côté de l'alezan et lui maintient le nez à la hauteur des étriers de son concurrent. Dans un galop régulier, Black secoue la tête. Alec tient fermement les rênes et lui parle, puis se retournant rapidement, voit les autres à quelques longueurs derrière.

Devant lui, la course reste ouverte. Tout s'est passé comme il l'espérait. Il s'accrocherait aux talons de Sagar dans la plaine broussailleuse, puis sur le terrain montagneux. Et, quand ils en seraient à la seconde moitié du parcours qui les ramènerait à leur point de départ par le désert, il demanderait son effort à Black, certain que celui-ci le fournirait.

L'étalon noir tient son mors mais ne tire pas dessus. Leur passage dans la plaine soulève derrière eux des tourbillons de poussière grise. Abd al-Rahman, sa longue barbe noire flottant au vent, regarde en arrière comme il approche de la piste qui conduit à la montagne, puis il s'assoit sur sa selle et laisse Sagar prendre de l'avance.

Alec, voyant cela, rend la main légèrement et reste derrière tandis que la croupe de l'alezan monte et descend et que les épaules d'Abd al-Rahman se balancent devant lui.

Ils abordent la piste montagneuse sans changer d'allure. C'est une ascension progressive entre des arbustes épineux qui écorchent le dos nu d'Alec. Celui-ci, se tournant légèrement sur sa selle, voit que les autres ont ralenti. Devant lui, Sagar galope comme s'il arrivait à la dernière ligne droite. Le jeune garçon se demande si l'alezan pourrait vraiment soutenir cette vitesse. Il tire légèrement sur les rênes et Black secoue la tête. Sagar allonge sa foulée et fonce de l'avant comme le tonnerre.

La piste devient horizontale et ils entrent dans un long ravin bordé de chaque côté par de hautes falaises. Les sabots puissants de Sagar font maintenant sauter les cailloux. Alec se penche plus encore et rend la main à Black. L'étalon se détend. Ses pieds touchent à peine terre et il se rapproche progressivement de l'alezan. Mais Abd al-Rahman se retourne et, le voyant revenir sur lui, lève la cravache et la laisse retomber sur le flanc de Sagar qui repart de plus belle.

Black pourra-t-il rester à la hauteur de Sagar ? Il galope fort et l'écume commence à apparaître sur son encolure.

La piste les amène au bout du ravin et Alec sent son cheval se ramasser et crisper ses muscles.

Il lève les mains et, répondant, l'étalon reprend encore plus de vitesse.

La sueur qui coule sur le dos du jeune garçon rend plus cuisantes les éraflures causées par les broussailles. Sagar est toujours devant et Alec entend son galop régulier. Comme ils approchent du sommet, le jeune garçon, qui a étudié le tracé du parcours, comprend qu'ils ont couvert la moitié de la distance. La piste va descendre rapidement vers le désert, et c'est alors que Black devrait faire appel au maximum de ses forces.

Quand il atteint le sommet, Sagar est à mi-chemin de la pente aboutissant au désert.

Tout à coup, il y a le claquement sec d'un coup de feu et une balle fait sauter de la poussière devant Sagar. Alec retient Black pour diminuer sa vitesse. Un second coup de fusil est encore tiré. Il vient du fourré à droite de la piste et Alec entrevoit une silhouette… Celle d'Ibn al-Khaldun ! Sans hésiter, il talonne Black et lui fonce dessus.

Le bandit, qui cherche encore à viser Sagar, ne voit pas Alec avant que Black ne soit sur lui. Ibn al-Khaldun bute contre une racine, chancelle puis tombe sur le sol. Mais il roule sur lui-même et braque un pistolet vers l'étalon qui va le frapper de ses sabots. En un clin d'œil, Alec voit ses pupilles dilatées et des filets de sang couler sur ses joues tandis que ses doigts étreignent son arme vacillante. Il tire violemment sur la bouche de l'étalon pour le jeter sur le côté, mais un nouveau claquement déchire l'air.

Black ne bronche pas. Il ne donne pas l'impression d'avoir été atteint par la balle. Mais comment Ibn al-Khaldun a-t-il pu le manquer, en tirant d'aussi près, presque à bout portant ? Les sabots du cheval noir frappent le corps du Bédouin qui est tombé sur le dos, les bras en croix et la main crispée sur la détente de son arme. Une tache d'un rouge sombre s'élargit sur sa figure, et Alec comprend qu'il est mort.

L'étalon noir piétine furieusement le corps étendu dont l'odeur frappe ses naseaux. Comme le jeune garçon cherche à l'en éloigner, il entend un bruit de galop. Abd al-Rahman revient sur ses pas, un gros pistolet à la main ! C'est le jeune cheik qui a tiré le troisième coup de feu, débarrassant le monde de l'indésirable Ibn al-Khaldun !

Sans dire un mot, Abd al-Rahman saute du corps ruisselant de sueur de Sagar et va vers le manchot. Il se penche sur lui une seconde, puis regarde Alec. La transpiration coule aussi sur son visage et sa barbe est humide. Il prononce quelques mots en arabe, puis remonte sur son alezan. Un coup d'œil rapide sur la piste lui fait voir que les autres chevaux s'approchent. Le jeune cheik fait un petit signe d'approbation et d'intelligence à

Alec, lève de nouveau sa cravache et fait repartir Sagar dans un tourbillon de poussière rouge.

Alec jette un dernier regard sur l'odieuse figure d'Ibn al-Khaldun qui semble plus satanique encore dans la mort. La loi du désert a été appliquée. L'assassinat du père et de la mère du jeune cheik a été vengé par leur fils. Le jeune garçon lance alors Black aux trousses de Sagar.

Il retient le Géant Noir sur la piste inclinée. Le jeune cavalier se rend compte qu'Abd al-Rahman prépare son alezan pour la lutte qui se déroulera sur le terrain plat. Le cheik regarde parfois en arrière. Il cherche à voir si Black n'a pas perdu de sa vitesse. Mais Alec sourit, car son étalon noir court bien et tire sur son mors. C'est bon signe.

Abd al-Rahman se rassoit sur la selle en atteignant le désert. Il ne se retournera certainement pas, à présent, car il n'y a plus que deux kilomètres à parcourir pour atteindre la ligne d'arrivée.

Black trébuche légèrement quand ses sabots s'enfoncent dans le sable, puis il se ressaisit et repart. Alec se penche sur la selle et lui rend de nouveau la main. L'étalon allonge sa foulée. À soixante mètres devant lui, Sagar file comme une flèche.

La piste suit la lisière du désert et ils n'ont plus sous leurs pieds que le sable brûlant. Et la plaine d'Andulla est là-bas, au pied des montagnes.

Au bout d'un kilomètre, la distance entre Sagar et Black a sensiblement diminué. Alec n'a encore demandé aucun effort à sa monture. Il s'est contenté de laisser mener le jeune cheik et a l'intention de continuer ainsi jusqu'à l'entrée de la ligne droite, à travers la plaine. Il serait temps alors de pousser son cheval quand le terrain serait plus dur.

À l'entrée de la plaine, Abd al-Rahman commence à se servir de sa cravache, et l'étalon alezan repart en réussissant à reprendre une dizaine de longueurs. La ligne d'arrivée n'est plus qu'à quatre cents mètres et Alec aperçoit la foule des Bédouins. Cette fois, il se penche encore sur la selle, soulève les mains et crie aux oreilles de Black :

— Ça y est !... Vas-y, mon vieux !

Le Géant Noir répond aussitôt à l'appel. Il se rapproche de Sagar. Les muscles puissants des deux superbes chevaux palpitent à chaque foulée, et peu à peu Black gagne du terrain.

Sur l'un des côtés de la piste, ceux des Bédouins qui sont à cheval galopent en criant et en tirant des coups de feu. Quelques-uns essaient de suivre, mais leurs chevaux, bien que frais, ne peuvent se maintenir à la hauteur des concurrents et ils rétrogradent.

Plus que deux cents mètres ! Alec distingue les robes de couleurs des femmes et le voile rouge du vieux cheik à son poste de juge d'arrivée.

Déjà la foule s'écarte pour dégager la piste. Le moment est venu pour Alec. Il fait appel à Black et le claque de sa main ouverte. L'étalon noir rattrape Sagar et ils galopent nez à nez. Mais, bien que couverts de sueur, aucun des deux chevaux ne montre le moindre signe de défaillance.

Sur les cent derniers mètres, Alec voit Abd al-Rahman le regarder, puis cravacher lourdement l'étalon alezan. Alec claque encore le flanc de Black. Les deux chevaux bondissent de nouveau en avant. Alec est si près de l'encolure que son torse est comme enveloppé par la longue crinière. Il renouvelle son appel et sent entre ses genoux la crispation des muscles au travail.

Au moment où l'étalon noir dépasse Sagar, celui-ci, les dents menaçantes, tourne la tête vers lui pour le mordre. Black, furieux, se retourne aussi, mais d'une violente secousse le jeune garçon le remet en ligne. Et comme il se détache nettement en avant, les yeux d'Abd al-Rahman rencontrent encore ceux d'Alec. Le jeune cheik, dans un geste aussi élégant que loyal, lève sa cravache en manière de salut tandis que Black franchit en vainqueur la ligne d'arrivée !…

18

ÉPILOGUE

Huit jours après la course, Abd al-Rahman vient à la résidence d'Abou Yakoub ben Ichak. Il amène avec lui quinze chevaux que, selon le règlement, le propriétaire de l'étalon victorieux a choisis lui-même dans ses écuries.

Raja, qui l'accompagne, dit encore à Alec :

— Mon frère affirme que le cheik Abou Yakoub ben Ichak n'a pas la vue basse quand il regarde des chevaux. Il a pris les meilleurs de son élevage.

Puis, au bout de quelques instants, il continue :

— Ce sera différent pour la prochaine course. Il n'aura plus Sheïtan. Enfin, c'est une belle performance que tu as réussie là, Alec. Mon frère a dit qu'aucun Bédouin n'aurait pu t'égaler. Il en a été très impressionné, d'autant plus qu'il n'aurait jamais cru que tu puisses tenir l'étalon noir aussi bien en main.

— Bah ! ce n'est avant tout qu'un cheval. Il est doux comme un enfant et aussi facile à conduire si l'on sait s'y prendre. Je n'étais quand même pas trop sûr de gagner. Mais Abou Yakoub ben Ichak ne demeurera pas oisif pendant les cinq années qui vont suivre. Le sang de Black coulera sans doute dans les veines du cheval qui courra à ce moment-là. Et il est bien probable que celui-là aussi sera difficile à battre.

Raja regarde affectueusement son ami.

— Cela va être dur pour toi, hein, de te séparer de Black ?

— Oui, mais cela vaut mieux pour lui. J'ai compris maintenant que c'était ici son véritable pays.

Ils se dirigent en silence vers le perron de la grande maison. Raja demande alors :

— Est-ce que M. Volence va pouvoir emmener avec lui des chevaux d'Abou Yakoub ben Ichak ?

— Oui, il lui en a donné quatre.

— En ce cas, le gentleman est satisfait ?

— Entièrement, car ce sont quatre des plus beaux chevaux de l'écurie, et supérieurs encore à ce qu'il espérait trouver en Arabie. Ils partent demain avec nous.

— Demain ? Mais c'est trop tôt. Ne pouvez-vous pas rester davantage ? Nous pourrions passer de bons moments ensemble, car la paix est revenue entre ma famille et celle d'Abou Yakoub ben Ichak. Et puis, continue-t-il dans un murmure, peux-tu garder un secret ? Oui ? Il le faut, car si tu le répétais et que cela revienne aux oreilles de mon frère, j'aurais peur qu'il ne me renvoie à Haribwan.

— Compte sur ma discrétion, mon vieux. De quoi s'agit-il ?

— Il va y avoir bientôt un mariage. Mon frère a demandé à Abou Yakoub ben Ichak la main de sa fille Tabari, et le cheik lui a donné son consentement. Mon frère va parler à la jeune fille aujourd'hui, s'il ne l'a pas déjà fait, et, si elle accepte, ce sera une longue série de fêtes et de réjouissances pour notre peuple. Je voudrais tant que tu sois des nôtres !

— Cela me ferait énormément plaisir, Raja. Seulement, en partant demain, nous arriverons à Djedda juste à temps pour prendre le paquebot qui fera escale dans trois semaines. Mais je suis certain que ce mariage aura lieu, car j'ai vu ton frère se promener avec Tabari, il n'y a pas bien longtemps, et elle n'avait pas l'air de vouloir lui refuser sa main.

Quand ils arrivent sur la terrasse, ils trouvent Abou Yakoub ben Ichak, M. Volence et Henry qui reviennent des écuries. Le cheik prie Alec de le suivre dans la bibliothèque, et quand il a refermé la porte sur eux, il le regarde de son air grave.

— Je voulais vous dire quelques mots, Alec, et j'aimerais mieux que nous soyons seuls !

Le jeune garçon s'assoit dans le fauteuil que le cheik lui désigne. Abou Yakoub ben Ichak demeure un instant silencieux, les yeux tournés vers la large baie, puis il dit :

— Je n'ai pas besoin de vous exprimer à quel point je vous suis reconnaissant. Je suis certain que vous n'en doutez pas. Je sais aussi quelle affection vous portez à Sheïtan et celle qu'il a pour vous…

Il se tait un instant, puis continue :

— Il ne m'est pas possible de vous donner Sheïtan, car ce serait perdre des années que j'ai consacrées à mon élevage et à son développement. Et il me faut des produits de Sheïtan.

— Je n'ai jamais pensé que vous me donneriez Black, monsieur. Je sais trop quelle valeur il représente pour vous. Il n'est pas nécessaire que vous me l'expliquiez.

Abou Yakoub ben Ichak se lève et vient lui taper sur l'épaule.

— Comme vous l'avez sans doute deviné, je vais envoyer Sheïtan au haras ; et d'ici quelques mois, il aura son premier fils. Eh bien, ce fils sera pour vous, Alec. Je vous l'enverrai.

— Quoi ! s'écrie le jeune garçon en ouvrant des yeux incrédules... Vous voulez dire qu'il sera à moi ?... Le premier poulain de Black ?

— Oui, mon cher petit. Il sera de lui et de Johar qui est le plus beau pur-sang arabe du monde.

— C'est à peine croyable ! s'écrie Alec émerveillé en allant à la fenêtre.

La vue donne sur la vallée, et, dans les derniers rayons du soir, il aperçoit le troupeau des chevaux qui broutent. Black se tient à l'écart, la tête haute, comme s'il les surveillait tous. Ainsi lui, Alec Ramsay, allait avoir le produit de ce superbe étalon ! Sa gorge se serre à cette pensée. Et il lui appartiendrait, à lui, à lui tout seul ! Il pourrait l'élever, en prendre soin, et même le mettre à l'entraînement... Quel cheval ce serait, avec Black pour père et Johar pour mère !

Les yeux brillants de joie, il se retourne vers Abou Yakoub ben Ichak, et tous deux, sans ajouter un mot, sortent de la bibliothèque.

LES AS-TU TOUS LUS ?

TOME 1

TOME 2

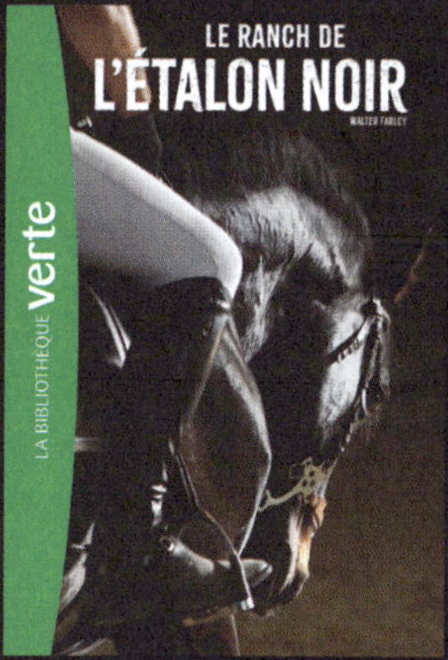

TOME 3

RETROUVE TRÈS PROCHAINEMENT
UNE NOUVELLE AVENTURE DE

L'ÉTALON NOIR

EN BIBLIOTHÈQUE VERTE,
BIEN SÛR !

Pour retrouver tous tes héros préférés,
fonce vite sur le site :

WWW-BIBLIOTHEQUE-VERTE.COM

TABLE

hachette s'engage pour l'environnement en réduisant l'empreinte carbone de ses livres. Celle de cet exemplaire est de :
700g éq. CO_2
Rendez-vous sur www.hachette-durable.fr

PAPIER À BASE DE FIBRES CERTIFIÉES

Photogravure Nord Compo - Villeneuve-d'Ascq
Imprimé en Espagne par MACROLIBROS
Dépôt légal : juin 2021
Achevé d'imprimer : mai 2021
17.3009.9/01 – ISBN 978-2-01-713204-2
Loi n° 49956 du 16 juillet 1949
sur les publications destinées à la jeunesse